Nur eine Rose

ohne Dornen

Siegberth Ney

Nur eine Rose

ohne Dornen

Memoiren

eines schicksalhaften Lebens

Bibliografische Information der Deutschen Nationalbibliothek: Die Deutsche Nationalbibliothek verzeichnet diese Publikation in der Deutschen Nationalbibliografie; detaillierte bibliografische Daten sind im Internet über http://dnb.dnb.de abrufbar.

Lektorat & Layout:
Thomas Wüstefeld
www.korrekterweise.de

Herstellung und Verlag:
BoD – Books on Demand, Norderstedt
ISBN: 9783734715723

Inhalt

Dieses Buch widme ich

meiner lieben Tochter Nina,
die von alldem nie etwas mitbekam,

meiner Tochter Stefanie,
die mir dabei half,
wieder den rechten Weg zu finden,

meiner Tochter Janin,
die mir Vertrauen und den Glauben
an Liebe zurückgab,

und ganz besonders
meiner lieben Frau,
die mir seit so vielen Jahren
stets treu und aufopfernd
bis zum heutigen Tage zur Seite steht.

MEINE BEGEGNUNG

Es war im Frühsommer 2014, als ich mal wieder auf meiner ostfriesischen Lieblingsinsel über die Promenade flanierte. Mein Blick streifte über das ruhige Meer, das wie ein riesiger Spiegel im Sonnenlicht glitzerte. Das Wasser war ganz ruhig, kaum ein Wellenschlag war zu hören. Nur schwer zu glauben, dass dieses stille Wasser so zerstörerisch sein kann und sogar Menschenleben fordert.

Plötzlich fiel mir ein vor sich hin sinnierender älterer Mann auf. Sein Haar war schon reichlich gelichtet, seine grauen Koteletten deuteten jedoch darauf hin, dass er früher mal sehr volles Haar gehabt haben musste.

Ich zündete mir eine Zigarette an und fragte mich, was er wohl gerade dachte. Sein Blick erschien mir überaus glücklich und das versonnene Lächeln, das sein Gesicht hin und wieder erhellte, machte mich neugierig. Ich bot ihm eine Zigarette an und fragte ihn, was ihn denn so glücklich aussehen ließe.

„Mein Leben", antwortete er, wieder mit diesem Lächeln auf seinem etwas in die Jahre gekommenen Gesicht.

„Ihr Leben?", fragte ich. „Jeder lebt doch sein Leben, mal mit Höhen, mal mit Tiefen. Nicht jeder ist deshalb glücklich oder zufrieden. Sie aber scheinen mir wohl sehr zufrieden und glücklich zu sein."

„Nun ja", erwiderte er. „Viermal verheiratet mit drei lieben Töchtern, dreimal Opa, zweimal selbstständig, und ich lebe noch, da kann man doch wohl glücklich sein." Und wieder lächelte er, die Augen auf das weite Meer gerichtet, das sich in der Ferne mit dem Himmel verbündete.

„Viermal verheiratet", staunte ich. „Das ist ja der reine Wahnsinn! Wie kann man nur?"

„Doch, doch", bekräftigte er. „Wenn man begreift, dass man nur ein Leben hat, dann kann man schon. Das Leben kann so schön sein, man darf sich nur keine Ketten anlegen lassen, bildlich gesehen." Sein Gesichtsausdruck wurde plötzlich ernst und er fuhr fort. „Ich hatte in meiner Jugend immer das Gefühl, als wäre ich an Ketten gefesselt, Ketten angebracht von Frauenhänden." Mir schien, als ob ich eine Träne in seinen Augen erkennen würde.

Wir gingen ein paar Schritte zusammen, bevor ich ihn bat, mir doch seine Geschichte zu erzählen. Er willigte ein und so setzten wir uns auf eine Bank. Sein Blick verlor sich in der Weite der See, er lächelte wieder, und so fing er an zu erzählen. Es sprudelte nur so an Worten, und es kam mir vor, als ob er sich etwas von der Seele reden wollte.

„Häuslicher Prügelterror, Hausarrest und jegliche Art an Verboten – das war meine Jugend. Wenn man begreift, was Freiheit ist, dann erst bereitet das Leben Freude und man kann es genießen. Wenn du dann zurückblickst und begreifst, dass du glücklich bist, dann bist du frei."

Ich schmunzelte und schaute ihn mit großen Augen fragend an. Er legte seinen Arm auf meine Schulter und zeigte mit seinem ausgestreckten Zeigefinger aufs Meer.

„Siehst du das ruhige Wasser?", fragte er mich. „Siehst du die Schönheit, die Ruhe, aber auch das Wilde und Zerstörerische? Stell dir vor, du bist ein Sandkorn und wirst immer hin und her gestoßen, bis du eines Tages zu Staub zerfallen bist und nichts mehr von dir übrig ist. Du bist zermürbt und weißt nicht, wofür du gelebt hast. Was nützen dir dann Geld, Haus und Wohlstand? Sei wie eine Muschel in ihrer Schale, damit dir der Wellengang, ob stürmisch oder ruhig, nichts antun kann, und du wirst immer frei sein."

Ich verstand nicht recht, was er meinte, und forderte ihn auf, mir das doch mal näher zu erklären.

„Hast du Zeit?", fragte er, und als ich nickte, schon neugierig geworden, bat er mich, ihn nicht zu unterbrechen.

PRÜGELKNABE

*I*ch bin ein spätes Nachkriegskind und lernte schon früh, mich gegen meine Kameraden durchzusetzen. Der Stärkste war ich weiß Gott nicht und so bezog ich bei jeder Auseinandersetzung mit meinen Freunden viel Prügel. Um das zu umgehen, musste ich nur mutiger sein als die anderen, was oft zur Folge hatte, dass meine Kleidung darunter litt. Bekam ich neue Sachen, was natürlich den Geldbeutel meiner Eltern stark belastete, da wir nicht unbedingt die Reichsten waren, so interessierte es mich nicht sonderlich, dass sie durch irgendein Spiel beschädigt oder verschmutzt wurden. Gerade neue Schuhe bekommen und schon damit Fußball gespielt, neue Hose oder neuer Pullover und schon damit auf die höchsten Bäume geklettert. Das wiederum führte dazu, dass zu Hause der Holzlöffel auf mich wartete. Hausarrest gehörte auch zum Repertoire regelmäßiger Bestrafungen. Mag sein, dass meine Mutter sich schon bald einen Spaß daraus machte, oder es gefiel ihr, mich für jede Kleinigkeit mit dergleichen zu bestrafen. Fast alle vier bis fünf Wochen wurde ein neuer Satz Holzlöffel gekauft, die mir sogar vom Taschengeld abgezogen wurden. Angeblich war ich schließlich schuld daran, dass sie an mir zerbrachen. In der Nachbarschaft war meine Mutter schon bald als krankhafte Frau bekannt, die ihre Aggressionen an mir ausließ.

Vielleicht lag es auch an dem familiären Stress mit ihren Geschwistern. So erlebte ich jedenfalls schon in meiner frühesten Kindheit, dass sich Geschwister nicht immer gut verstehen. Waren wir zu Besuch bei einer ihrer Schwestern, davon gab es noch zwei, oder bei ihren Brüdern, auch hier gab es zwei, dann endete es meistens mit einem handfesten Streit, bei dem hin und wieder schon mal eine Wohnungseinrichtung zerlegt wurde. Dann sprach man mal wieder ein Jahr nicht miteinander, versöhnte sich kurz bis zum nächsten Streit. Schon bald musste ich feststellen, dass meine Mutter immer die treibende Kraft hinter den Streitigkeiten war. So kam ich nie in den Genuss einer Tante oder eines Onkels.

Ab meinem sechsten Lebensjahr, als ich eingeschult wurde, verlief mein Tag folgendermaßen. Nachdem ich mir jeden Morgen mein Frühstück selbst machen musste, weil meine Mutter ja noch schlief, ging ich zur Schule. Nach der Schule und dem Mittagessen, das mir oft nicht schmeckte und ohne meinen Vater stattfand, der erst um 15 Uhr nach Hause kam, musste ich erst das komplette Geschirr vom Vortag spülen, anschließend durfte ich meine Schulaufgaben machen, dann noch eine halbe Stunde üben oder einkaufen. Meine Freunde spielten zu diesem Zeitpunkt schon lange auf der Straße. Da wir noch mit abgekratzter Kernseife spülten, war das Geschirr stellenweise so glatt, dass mir beim Abtrocknen auch mal ein Teller oder eine Tasse aus meinen kleinen Händen fiel und zu Bruch ging. Unsere Töpfe hatten noch eine Emaillebeschichtung, und wenn ein Topf mal unglücklich fiel, konnte es sein, dass etwas abbröckelte. Damit ich von meiner Größe her überhaupt an das Spülbecken kam, musste ich auf einem Fußbänkchen stehen. Natürlich hatte meine Mutter somit reichlich Zündstoff, um mir für jeden angerichteten Schaden eine Tracht Prügel zu verabreichen.

Es kam auch vor, dass ich für den gleichen Vorfall zweimal Prügel bekam. Wenn zum Beispiel ein Stück Emaille aus dem Topf brach, nur weil er mir durch die glitschigen Hände glitt, gab es an diesem Tag und am Folgetag Prügel, weil sie offenbar vergessen hatte, dass ich ja schon dafür bestraft worden war. Schepperte ich mal mit dem Geschirr, nur weil ein Teller beim Abtropfen nicht richtig hochkant gestellt wurde, verpasste sie mir erst eine Ohrfeige. Wenn ich dann weinte, kam der Holzlöffel zum Einsatz. Meinem Vater gegenüber durfte ich nichts sagen, sie drohte mir sofort mit weiteren Prügeln, wenn ich auch nur eine solche Andeutung machte. Wenn mein Vater von der Arbeit kam und in meinem Gesicht die Spuren der Prügel zu sehen waren, tat sie es mit einer belanglosen Ohrfeige ab, die ich für irgendetwas bekommen hatte.

Mit der Zeit wurde mein Freundeskreis größer und damit auch mein Kampf härter, mich zu behaupten. Ich muss gestehen, dass ich nicht der Beste in der Schule war, und da ich in der Klasse auch der Kleinste war, wurde ich von den Lehrern wohl auch nicht für voll genommen. So saß ich schnell in der hintersten Reihe, die für die ganz schwachen Schüler reserviert war. Selbst wenn ich versuchte, mich am Unterricht zu beteiligen, wurde ich gern übersehen. Irgendwann verlor ich die Lust am Unterricht und meine Noten wurden zunehmend schlechter, was wieder mit Hausarrest und Prügelstrafe belohnt wurde.

Ich begann die Tage in der Woche zu zählen, an denen meine Mutter mich nicht für irgendetwas bestrafte. Wenn sie wieder einen Holzkochlöffel holen konnte, um damit auf mich einzuschlagen, bemerkte ich eine gewisse Freude in ihrem Gesichtsausdruck. So kam es vor, dass ich mich in der Schule manchmal nicht richtig hinsetzen konnte, da mein Hinterteil von blutigen Striemen übersät war. Am schlimmsten war es alle vier Wochen, wenn in unserem gemeinsamen Schlafzimmer dieser süßliche Geruch in der Luft lag. Auch wenn ich damals noch keine Ahnung von ihrer Regel hatte, so spürte ich doch, dass sie noch reizbarer als sonst war. Während dieser Zeit konnte ich mich noch so zurückhalten, der Holzlöffel war trotzdem mein.

Mit den Jahren staute sich bei mir Wut und Hass gegenüber meiner Mutter an, so überwältigend, dass ich mich sogar mit Mordgedanken befasste.

Ich musste erst 13 Jahre alt werden, bis ich mich traute, die schlagende Hand meiner Mutter abzufangen. Dabei schaute ich ihr tief in die Augen und sagte mit ruhiger Stimme: „Wenn du mich noch einmal schlägst, bring ich dich um." Ganz entsetzt ließ sie von mir ab und erhob seit diesem Moment nie mehr ihre Hand gegen mich. Sie erkannte wohl an meinem Gesichtsausdruck, dass ich es ernst meinte.

Von nun an hatte ich Ruhe zu Hause und ich begriff, dass nachdrücklich drohende Worte mir meinen Frieden bescherten. Mir wurde klar, dass mich fortan nie mehr eine Frau schlagen oder unterdrücken sollte.

Von alldem bekam mein Vater nie etwas mit. Die täglichen Prügel hielt meine Mutter immer geschickt vor ihm verborgen.

HERZENSBRECHER

Mit 14 Jahren begann ich meine Lehre als Einzelhandelskaufmann bei einer großen Genossenschaft, als etwas Ungewöhnliches mit mir geschah. Viele bezeichnen es als Pubertät, doch ich nenne es nur ein Gefühl von Erwachsenwerden.

So hatte ich mir einen Plan zurechtgelegt: drei Jahre Berufsausbildung und dann sofort freiwillig zum Militär. Dann hätte ich es geschafft, endlich das so verfluchte und gehasste Elternhaus zu verlassen. Doch erst mal musste ich meine Lehre überstehen. Damals dachte ich noch nicht daran, welche Veränderung das für mein Leben bedeutete. In der Berufsschule waren wir nur vier Jungen unter 17 Mädchen in der Klasse. Schnell war ich der Hahn im Korb. Alle zwei, drei Monate wechselte ich meine weiblichen Freundschaften.

Dass ich plötzlich zu den besten Schülern gehörte, lag nicht nur an meinen zunehmend besseren Leistungen. Auch bei meinem Arbeitgeber, bei dem über 300 Lehrlinge beschäftigt waren, zeichnete ich mich bald als bester Lehrling aus, was mit diversen Goldmünzen und anderen verschiedenen Präsenten belohnt wurde. Das imponierte den Mädchen natürlich, und schnell war ich bei ihnen sehr begehrt. Ich hatte plötzlich Auswahl bei den Mädchen, was ich auch voll ausnutzte, und so wechselte ich ständig die Bekanntschaften.

Großzügigkeit und Höflichkeit gegenüber den Mädchen spielten für mich keine Rolle. Wenn mir ein Mädel auch nur dumm vorkam oder mich versetzte oder belog, dann war sofort Schluss. Viele Tränen sind da geflossen, aber nicht eine Träne, die ich sah, berührte mich. War es womöglich der Hass auf meine Mutter, der mich da geprägt hatte? Warum wollte und konnte ich kein Mädel behalten, warum kümmerte mich nicht der Schmerz, den jedes Mädel nach einer Trennung durchlitt? Sogar ein Selbstmordversuch einer Freundin ließ mich kalt. Meine Freunde lösten sich nach und nach von mir, denn keiner konnte das verstehen, waren sie doch schon wesentlich länger mit ihren Freundinnen zusammen. Obwohl meine Wechselleidenschaft bei den Mädchen bekannt war, so war ich doch nie länger als 14 Tage allein.

Eines Tages jedoch geschah das für mich Unfassbare. Ich kam mit meinem Freund Eddy von einer Veranstaltung, als uns auf der gegenüberliegenden Straßenseite ein sehr nettes Mädchen entgegenkam. Eddy winkte ihr zu und sie winkte lächelnd zurück. Sie war mir schon des Öfteren hier in der Siedlung aufgefallen, aber sobald ich sie sah, war sie auch schon wieder verschwunden. Und nun war sie nur ein paar Schritte von mir entfernt.

Das Unglaubliche aber war, dass Eddy sie kannte. Aber bevor ich ihn fragen konnte, wer sie war und woher er sie kannte, drohte er, dass er mir die Nase brechen würde, wenn ich sie auch nur einmal ansah. Nun, ich beglückwünschte ihn zu seiner Freundin, doch im Inneren regte sich was bei mir. Ein solches Gefühl hatte ich zuvor noch nie empfunden. Mein Magen schien zu explodieren, alles kribbelte nur beim Anblick dieses Mädchens. Ich konnte nicht mehr klar denken, ich sah nur noch sie. Abends im Bett hatte ich ihr Gesicht, ihren Gang, ihr Lächeln vor mir, in meinen Gedanken spürte ich ihre Haare, strich über ihre Wange und erwischte mich dabei, wie ich das Kopfkissen total zerknüllte.

Ich musste unbedingt wissen, wer sie war und wie sie hieß. Am folgenden Tag holte ich Eddy von der Arbeit ab, was ich vorher noch nie gemacht hatte. Er wusste sofort, was ich von ihm wollte, und reagierte sehr forsch auf mein Erscheinen. Doch er gestand mir, dass sie nicht seine Freundin war, und der Rest hätte mich nicht zu interessieren. Viele Tage vergingen, an denen ich meinen Freund nicht mit meinen Fragen löcherte. Ich hatte nur noch einen Gedanken: Wer war dieses Mädel, wo wohnt sie und wie kann ich sie nur wiederfinden? Jede freie Minute ging ich zu dem Platz, wo ich sie zuletzt gesehen hatte, doch ohne Erfolg. Von meiner damaligen Bekanntschaft hatte ich mich bereits getrennt.

Den 6. Juni 1966 werde ich niemals vergessen. Ich hatte frei und lag gelangweilt in meinem Zimmer auf meinem Bett, der Plattenspieler dudelte bestimmt schon das fünfte Mal „Merci Cherie". Der Titel hatte gerade den Grand Prix d' Eurovision gewonnen. Obwohl es schon fast 18 Uhr war, stand die Schwüle noch in meinem Zimmer, als das Telefon klingelte. Meine Mutter rief mich: „Eddy ist am Telefon." Okay, dachte ich, dann werden wir mal wieder um die Häuser ziehen, Kofferradio unterm Arm und heiße Musik hören. „Hey, Eddy, was ist los?", fragte ich mit gelangweilter Stimme. Seine Stimme dagegen klang schon fast lachend: „Na, Alter, haste vielleicht Lust, mit uns Federball zu spielen?"

Federball, bei der Hitze? Oh Gott, wie ist der denn drauf?, dachte ich noch, als er fortfuhr: „Schau mal vom Balkon rüber." Eddy wohnte knapp 200 Meter Luftlinie entfernt, getrennt von einer kleinen Gartenanlage. Ich legte den Hörer zur Seite und ging zum Balkon. Ich traute meinen Augen nicht, aber da war sie und spielte mit einem anderen Mädchen.

Doch wo war Eddy? Egal, ich lief zum Bad, stylte mich schnell mit Kamm und etwas Rasierwasser ins Gesicht und nichts wie raus. Nur nicht rennen, sagte ich mir, aber meine Schritte waren so schnell, dass ich mich die letzten 20 Meter zügeln musste. Ich hielt an, fingerte mir nervös eine Zigarette aus der Schachtel und ging fast wie gelangweilt weiter. Und da war Eddy auch schon. „Hey, Siggi, Lust mitzuspielen?", fragte er und lächelte dabei belustigt. „Ach so, wenn ich vorstellen darf: Das sind meine Schwestern Gisela und Heidemarie."

Mir war, als hätte mich jemand mit einem Vorschlaghammer getroffen. Mit einem Male konnte ich verstehen, warum er mir damals Prügel angedroht hatte. Seine Schwestern – warum hatte er nie von ihnen gesprochen. Wollte er sie vor mir schützen?

Heidemarie hieß sie also, und nun durfte ich mit ihr Federball spielen. Ich konnte es kaum fassen! Wenn es so was wie einen siebten Himmel gab, dann war ich gerade hinaufgestiegen.

Ich begrüßte sie mit einem freundlichen Hallo. „Ich heiße Heidi", stellte sie sich vor. „Mit i am Ende, denn ich bin die kleinere Schwester."

Ich war hin und weg, endlich hatte ich das Mädel meiner Träume gefunden. Jetzt nur nichts falsch machen, ruhig bleiben und Contenance bewahren. Wir spielten einige Partien, die ich natürlich mit Absicht verlor. Anschließend gab es noch ein Eis in unserer Stammeisdiele, wo ich meine Spielschuld begleichen durfte. Ich war so glücklich, dass ich in der Nacht kaum schlafen konnte. Von da an hatte sich mein Leben vollkommen verändert.

MEINE GROSSE JUGENDLIEBE

Eine wunderschöne Zeit begann für mich, ich war der glücklichste Mensch auf der Welt, jede freie Minute musste ich bei ihr sein. Ab sofort machten wir alles zusammen, spazieren gehen, Eis essen oder einfach nur am Fluss Arm in Arm liegend dem Rauschen des Wassers zuhören. Da wir beide erst 18 Jahre alt waren und noch bei unseren Eltern wohnten, mussten wir um 22 Uhr zu Hause sein. Um das zu umgehen, meldeten wir uns in einer Tanzschule an. So hatten wir dann mittwochs immer eine Stunde länger Zeit bis 23 Uhr. Wir waren glücklich, wenn wir statt zur Tanzschule ins Kino gingen, natürlich immer in der letzten Reihe, denn der Film war uns im Grunde egal, wir wollten eh nur knutschen. Richtig stolz waren wir darauf, wie wir so unsere Eltern überlisteten.

Dann kam, was sich leider nicht vermeiden ließ: Ich musste meine Heidi meinen Eltern vorstellen. Davor hatten wir beide große Angst, denn ich hatte ihr ja auch von meiner schrecklichen Erziehung erzählt. Aber da mussten wir durch und mit zitternden Knien nahmen wir die Einladung an. Meine Mutter setzte ihr freundlichstes Gesicht auf und fuhr alle möglichen Köstlichkeiten wie Kuchen und Pralinen auf. Ich hatte das Gefühl, dass meine Mutter sehr stolz auf ihren Sohn war, denn sie machte nur das Beste von mir zum Gesprächsthema. Sie zeigte auch Jugendbilder von mir, das musste wohl so sein, aber ob mir das peinlich war oder ob es Heidi interessierte, war ihr völlig egal.

Nachdem ich Heidi wieder nach Hause gebracht hatte, erwartete ich natürlich eine Reaktion von meinen Eltern. „Das ist ja eine ganz Liebe", äußerte sich meine Mutter. „Nur ein bisschen schüchtern vielleicht, aber Anstand hat sie wohl." Ich war zufrieden, der erste Auftritt war offenbar geschafft. Doch schon folgte der erste negative Kommentar. „Aber das Kleid, na das ist wohl etwas zu kurz, und bügeln müsste sie es auch mal." Es war wieder mal wie ein Paukenschlag. Musste sie denn immer alles kritisieren, was mich glücklich machte? Es war doch meine Heidi und ich war so glücklich und so stolz auf mein Mädchen.

Dummerweise erzählte ich Heidi am nächsten Tag davon. Mir war damals nicht bewusst, dass ich damit den ersten Keil zwischen sie und meine Mutter getrieben hatte.

Nach diesem ersten Besuch verkehrte Heidi regelmäßig bei uns. Sie nahm an jeder Familienfeier teil und die Sonntagsausflüge fanden von nun an zu viert statt. Wirklich schlimm allerdings war, dass meine Mutter sie mit zu den Nachbarn nahm, wo sie Heidi stolz als ihre zukünftige Schwiegertochter vorstellte. Heidi wollte das alles nicht, doch die Höflichkeit verbot ihr, nein zu sagen.

Manchmal brachte meine Mutter von ihrem Einkaufsbummel ein Kleid oder eine Bluse für Heidi mit, aber dass sie damit nicht ihren Geschmack traf, konnte sie nicht verstehen. So kam es dann auch bald zum ersten größeren Streit. Als Heidi die geschenkten Sachen nicht trug, kam von meiner Mutter der erste Vorwurf. „Sie mag meine Sachen wohl nicht! Geschmack hat sie ja gar nicht." Als Heidi mal wieder zum Essen eingeladen wurde, bat ich sie, nur meiner Mutter zuliebe den Rock und den Pullover anzuziehen, die sie ihr letztens geschenkt hatte. Heidi willigte zwar ein, sagte aber kurz vor dem Essen telefonisch ab und gab vor, krank zu sein. Sie weinte und sagte nur: „Ich zieh die Sachen nicht an, sei mir bitte nicht böse." Ich konnte sie sehr gut verstehen und versuchte sie zu beruhigen. Meine Mutter konnte es natürlich nicht begreifen und fing sofort wieder an zu meckern. Oh ja, das konnte sie prima! Dabei legte sie in der Wohnung glatt zwei Kilometer zurück und schimpfte in einer Tour, ohne auch nur einmal Luft zu holen. „Dumme Kuh! Deshalb kann sie doch trotzdem kommen. Die Sachen sind doch schön, haben so viel Geld gekostet. Was bildet die sich bloß ein!" Ich ging auf mein Zimmer, der Tag war für mich gelaufen. Es tat mir verdammt weh, dass meine Heidi weinte, nur weil meine Mutter uns ihren Willen aufzwingen wollte. Gegen 21 Uhr schlich ich mich aus dem Haus, um von einer Telefonzelle aus noch mal mit Heidi zu reden. Sie hatte sich beruhigt und bestätigte mir, dass sich zwischen uns nichts geändert habe, nur besuchen würde sie uns nicht mehr. Am nächsten Morgen stand eine Einkaufstüte mit Rock und Pullover vor unserer Tür.

Die Wochen vergingen, es war eine herrliche und glückliche Zeit. In unserem Freundeskreis waren wir das Traumpaar, das nichts und niemand trennen konnte.

Dann kam, was kommen musste: die Lust der Begierde. Auch wenn ich schon mit so vielen Mädchen in meinem jungen Leben zusammen gewesen war, so war doch noch nie Sex im Spiel. Immerhin war ich ja schon 18 Jahre alt, aber von Sex hatte ich keine Ahnung. Heimlich hatte ich mir zwar Oswald Kolles Film „Helga" angeschaut, aber ich muss gestehen, nur um mal eine nackte Frau zu sehen. Bei der Geburt im Film musste ich sogar das Kino verlassen, weil mir kotzübel wurde.

Meine Eltern waren nicht zu Hause und so nutzte ich die Gelegenheit, um mein Zimmer mit Kerzen und Räucherstäbchen auszuschmücken. Das Licht dämpfte ich mit Tüchern und die

Schallplatten sortierte ich schon so, dass die schnulzigen Scheiben obenauf lagen. Abends holte ich dann meine große Liebe zum Spaziergang ab, wobei ich sie dann zu einem Cocktail in meinem Zimmer überredete. Ja, Cocktail, das war damals die große Mode. Jeder in unserem Freundeskreis hatte da seine eigenen Ideen, wie und was man so zusammenmischte.

Wir saßen eng umschlungen auf meinem Bett und hörten die schönste Musik. Knutschen, auch mal den Busen streicheln, das war bisher unsere Leidenschaft, doch was nun geschah, das war uns beiden völlig fremd. Bei mir regte sich meine Männlichkeit und der Druck wurde so stark, dass ich Unterleibsschmerzen bekam. Ich machte das Licht aus und nur noch die Kerzen in ihrem fahlen Schein flackerten. Wir ließen uns zurückfallen und ich begann damit, ihr die Bluse zu öffnen. Als ich ihr den Rock hochschob, versuchte sie den Gürtel meiner Hose zu öffnen. Doch jeglicher Versuch, auch nur ein Stückchen weiterzukommen, scheiterte kläglich an unserer Unerfahrenheit. Lachend setzten wir uns auf und jeder zog sich in einer unschuldigen Art von Wollust die Kleider vom Leib. Sie hatte nur noch ihren hautfarbenen BH an, dazu einen Strumpfhalter über ihrem Schlüpfer. Auch ich behielt meine Unterhose an, und so sanken wir in einer Umarmung aufs Bett. Ich versuchte ihren BH zu öffnen, der aber, wie mir schien, mit 1000 Häkchen zusammengehalten wurde. Als ich nach geglückter Aktion ihren Strumpfhalter löste, sprang ein Pfennig weg, der wohl half, die Strümpfe zu halten. Wir mussten beide lachen, wurden aber umso stiller, je tiefer wir uns in die Augen schauten. Ein kleiner Aufschrei und es war geschehen, wir hatten beide unsere Unschuld verloren. Sie weinte leise und ich versuchte sie zu trösten, dass mir alles so leid tat. „Ach, du Dummchen", flüsterte sie, wobei sie mich fest im Arm hielt, als ob sie mich nie mehr loslassen wollte. „Ich bin ja so glücklich", hauchte sie, was ich auch von mir behaupten konnte.

Von nun an waren wir erst recht unzertrennlich. Die Monate vergingen und Heidi kam auch wieder zu uns nach Hause. Meine Mutter kaufte nie wieder ein Kleidungsstück für sie und es schien, als wäre endlich Frieden eingekehrt. Doch da lag ich leider falsch. Mal lästerte sie darüber, dass sie noch nicht in Heidis Elternhaus eingeladen worden war, mal über Heidis Bruder Eddy, der draußen nur mit einem Kofferradio unterwegs war, was ja bei uns Jugendlichen so Mode war, mal über die Frisur von Heidi, die ihr wohl zu aufreizend war. So glücklich ich auch draußen war, so unglücklich war ich zu Hause. Ich konnte das ganze Gemecker bald nicht mehr ertragen, doch Ausziehen war mit meinen mittlerweile 19 Jahren noch nicht möglich. Zwei Jahre musste ich noch bis zur Volljährigkeit durchhalten, das kam mir wie eine Ewigkeit vor.

In Absprache mit meiner Liebsten entschloss ich mich, freiwillig zum Militär zu gehen. Nach den zwei Jahren wären wir frei. Doch mein Antrag wurde abgelehnt und ich musste bis zum 21. Lebensjahr warten, dass man mich einzog.

Nun war ich schon so lange mit meiner Heidi zusammen und nie hatten wir einen Streit. Sexuell hatte sich allerdings auch nichts geändert. Wir nutzten zwar jede Möglichkeit, ob im Auto oder im Wald auf einer Lichtung, sogar nachts in den Parkanlagen, aber immer nur in der gleichen Stellung, denn wir hatten ja nicht die leiseste Ahnung.

Zu Hause spitze es sich immer mehr zu. Heidi versuchte immer höflich zu sein und half auch im Haushalt, beim Geschirrspülen, Aufräumen oder dergleichen. Wir waren schon eine große Familie geworden, auch hatten unsere Eltern schon Kontakt miteinander gefunden. Aber meine Mutter gab immer noch keine Ruhe. Entweder war das Geschirr nicht richtig gespült oder die Wohnung von Heidis Eltern nicht richtig aufgeräumt oder mein zukünftiger Schwiegervater trank bei einem Besuch zu viel Alkohol, was natürlich alles nicht zutraf. Der nächste Streit war so schon vorprogrammiert. Als Heidi dann noch „Mutti" zu meiner Mutter sagen sollte, kam es zum Eklat.

Ich konnte nicht mehr und war froh, als ich meine Einberufung zur Bundeswehr bekam. Am 3. Januar 1969 war es endlich so weit. Heidi begleitete mich noch zum Bahnhof und verabschiedete sich unter Tränen von mir. Ich dagegen war erleichtert, von alldem weit weg zu kommen, und dachte sogar daran, mein ganzes Leben hinter mir zu lassen, mich vor Ort für weitere sechs Jahre zu verpflichten und in der Ferne ein vollkommen neues Leben anzufangen: nie wieder Mutter, nie wieder Stress. Aber das Schicksal meinte es nicht gut mit mir: Nachdem ich meinen Antrag auf Berufssoldat gestellt hatte, wurde ich am 19. Januar für untauglich erklärt und nach Hause geschickt. Dort war die Freude natürlich groß, ganz besonders Heidi war so glücklich, dass sie mich wieder in die Arme schließen konnte.

Mit meinen Freunden wurde dann erst mal richtig gefeiert, und zwar bis in die frühen Morgenstunden. Da ich aber erst Ende Februar volljährig wurde, hätte ich um 24 Uhr zu Hause sein müssen. Zur Strafe verhängte meine Mutter mir einen Hausarrest von einer Woche. Als ich daraufhin laut wurde, verpasste sie mir auch noch eine Ohrfeige, worauf ich vor Verzweiflung weinend auf mein Zimmer ging. Ich musste hier raus, raus und weg von dieser Frau, raus aus meinem Elternhaus!

Da gab es nur eine Möglichkeit: Heiraten. So machte ich meiner immer noch großen Liebe einen Heiratsantrag und wir beschlossen, so schnell wie möglich das Aufgebot zu bestellen und uns eine Wohnung zu suchen. Am 28. August 1969 heirateten wir und bezogen unser erstes eigenes Reich. Wir waren nun endlich zusammen und nichts konnte uns trennen. So dachte ich mir das damals jedenfalls.

MEINE ERSTE EHE

Aber das Schicksal ist unberechenbar und nur zu oft kommt alles anders, als man sich erhofft. Beide hatten wir ein gutes Einkommen, so dass wir einen Kredit aufnehmen konnten, den wir dann ohne jede Mühe zurückzahlen konnten. Wir richteten uns sofort gemütlich ein und ein Auto war auch noch drin. Für uns schien nun alles perfekt zu sein, wir waren einfach nur glücklich. Heidi hatte zwar von ihren Eltern mit 18 einen VW Käfer geschenkt bekommen, aber nach vier Jahren wünschten wir uns einen größeren Wagen. Ein Autobianchi 411 war dann unser Ein und Alles.

So begaben wir uns auf unsere erste große Urlaubsfahrt nach Österreich über die Alpen Richtung Jugoslawien, weiter nach Triest und Venedig und zurück über Bozen wieder nach Hause. Es waren die bisher schönsten drei Wochen mit meiner Heidi, kein Stress, kein Telefon und weit weg von meiner Mutter, nicht einmal wurde ihr Name genannt.

Doch kaum zu Hause angekommen, ging es auch schon wieder los. Das Telefon klingelte und meine Mutter war dran. „Wollt ihr euch nicht mal hier sehen lassen? Schließlich haben wir drei

Wochen nichts von euch gehört!" Es bestand ja immer noch eine Spannung zwischen meiner Frau und meiner Mutter. Heidi sagte nach wie vor nicht „Mutter" zu ihr, was ich ja auch verstand, denn es war nicht ihre Mutter, sondern nur eine Frau, die versuchte, sich in unsere Ehe einzumischen. Also machten wir unseren Pflichtbesuch, was wir uns aber besser hätten sparen sollen. Die Begrüßung war kalt, obwohl Heidi sie freundlich begrüßte. Den ganzen Abend saß uns meine Mutter mit bösartigem Gesichtsausdruck gegenüber. Als wir gingen, fing sie auch noch an zu weinen: „Deine Frau spricht ja nicht einmal mehr mit mir!"

Wir gingen über diese ewigen Sticheleien hinweg, doch eine Spannung blieb. Wenn wir dann zu Hause darüber sprachen, gab es fast immer einen kleinen Streit, der sich jedoch mit der Zeit immer mehr steigerte.

In unserem vierten Ehejahr kam es dann endgültig zum Bruch zwischen meiner Frau und meiner Mutter. Es standen mal wieder die von uns nicht besonders geliebten Weihnachtstage an. Wie immer lautete die Frage, wo wir zuerst hinfahren sollten, zu ihren oder zu meinen Eltern. Wir hielten es eigentlich immer im Wechsel, so dass wir den ersten Feiertag mal hier und mal da verbrachten. Das Essen war uns eh egal, es gab wie im jeden Jahr hier wie dort Pute. Wir beschlossen, dieses Jahr zuerst meine Schwiegereltern zu besuchen, da auch ihre Schwester und ihr Bruder dort waren. Als wir das bei einem Besuch meiner Mutter vorsichtig beibringen wollten, explodierte die Atmosphäre.

„Aber ihr wart doch letztes Jahr am ersten Feiertag schon bei den Schwiegereltern", schimpfte meine Mutter. „Ich hab extra was Leckeres gekocht, jetzt kann ich es wegwerfen."

Heidi stand weinend auf, zog ihren Mantel an und sagte nur zu mir: „Kommst du? Oder willst du bis Weihnachten hierbleiben?" Natürlich ging ich sofort mit, aber schon wieder hatten wir, für mich heute unverständlich, einen größeren Streit. Ich liebte doch meine Frau, es gab doch sonst nie Streit. Warum denn immer, wenn wir bei meinen Eltern waren? Musste meine Mutter uns denn immer wieder aufs Neue provozieren? Unsere Freunde rieten uns, dass wir uns endgültig von ihr trennen sollten, was mir aber dummerweise nicht möglich war – ich hatte nicht den Mut dazu. So einigten wir uns darauf, dass meine Frau mein Elternhaus nie wieder betreten würde und auch ein Besuch bei uns wurde ihnen untersagt.

Im folgenden Jahr konnten wir sehr gut damit leben. Alle vier bis fünf Wochen besuchte ich meine Eltern kurz allein, was aber für mich immer recht stressig war. Laufend musste ich mir anhören, was für eine Schwiegertochter sie hätten, so was hätten sie doch nicht verdient. Meiner Frau erzählte ich natürlich nie etwas davon. Es hätte nur wieder zu neuem Streit geführt. Doch für mich war es eine große psychische Belastung.

Allerdings sah ich ein, dass das die beste Lösung war. In unserer Ehe gab es ab sofort keinen Stress mehr, im Gegenteil, es herrschte endlich Ruhe und Frieden. Wir waren sehr glücklich, harmonierten so miteinander, wie man es sich besser nicht vorstellen konnte. Ein Ziel hatten wir uns auch gesteckt: So wollten wir erst unseren Haushalt richtig aufbauen und uns beruflich weiterbilden. Das Thema Kinder stellten wir zunächst zurück. An den Wochenenden waren Partys angesagt, mal bei uns, mal bei Freunden. Da wir in der Tanzschule den Walzer ja gelernt hatten, gab es nichts Schöneres, als meine Frau in den Armen zu halten und mit ihr über die Tanzfläche zu schweben.

Nur eins ließ arg zu wünschen übrig: die Abwechslung in unserem Sexualleben. Davon hatten wir fast überhaupt keine Ahnung, also versuchte ich mich mit Hilfe irgendwelcher Zeitschriften etwas schlauer zu machen. Was waren da für aufreizende Frauen mit schönen Dessous zu sehen! Mein Schatz hatte so etwas nicht, nichts Aufreizendes, jedenfalls nichts, was da in den Zeitschriften zu sehen war. Obwohl wir unseren regelmäßigen Ehepflichten nachkamen, war es doch mit der Zeit irgendwie eintönig. Wir kannten ja auch nur die Missionarsstellung. Versuchte ich es mal etwas anders, so sagte sie nur: „Aber das geht doch nicht so." Aber es musste doch noch was anderes geben, unter uns Männern sprach man davon, und in den heimlich gesehenen Pornofilmen sah man es doch auch. Die Zeitschriften vor allem machten mich sehr neugierig.

So kam ich auf die dumme Idee, über einen Versand Liebestropfen zu bestellen. Da wir ja nie über Sexpraktiken sprachen, musste das heimlich geschehen. Laut Beschreibung reichten nur zehn Tropfen, um einen zurückhaltenden Partner in einen lustvollen zu verwandeln. Das hörte sich für mich alles gut an und so konnte ich den ersten Versuch kaum abwarten. Am Wochenende war es dann so weit. Ich holte Chips und einen guten Likör, zündete abends Kerzen an und legte romantische Musik auf. Wir saßen gemütlich im Wohnzimmer, unterhielten uns über dies und das und tranken ein Gläschen nach dem anderen. Heidi hatte keine Ahnung, was ich vorhatte, von daher war sie ganz ausgeglichen.

In einem unbeobachteten Augenblick nutzte ich meine Chance. Zehn Tropfen, so hieß es da, ach was, dachte ich, nehmen wir mal zwanzig, es sollte doch richtig was bringen. Gedacht, getan. Nun musste ich nur noch abwarten, irgendwas musste ja nun geschehen. Wir tranken noch ein paar Gläschen, bis meine Heidi einen Anschein von Müdigkeit zeigte. Gegen Mitternacht konnte sie ihre Müdigkeit nicht mehr zurückhalten und fragte, ob sie schon mal zu Bett gehen dürfte. „Natürlich", antwortete ich, in der Hoffnung, dass die Liebestropfen im Bett sogleich ihre Wirkung zeigten. Ich trank noch ein Gläschen und wartete noch fünf Minuten ab, bis auch ich ins Schlafzimmer ging. Ich konnte es kaum glauben, meine Hoffnung auf eine heiße Nacht war mit einem Male dahin, denn meine Heidi schlief tief und fest.

Am nächsten Morgen war uns kotzübel und wir hatten rasende Kopfschmerzen. Als ich ihr dann meine Dummheit gestand, mussten wir beide aufs Herzlichste lachen. Noch lange scherzten wir darüber, aber gebracht hatte es im Bett auch nichts.

Wir waren nun schon lange glücklich verheiratet und hatten außer dem Konflikt mit meiner Mutter nie ein Problem. Nun aber schwelte diese unendliche Neugierde in mir.

Auf meiner Arbeitsstelle war ich überaus beliebt, vor allem bei den Mitarbeiterinnen. Es reizte mich, mit einer erfahrenen Frau ins Bett zu gehen, und so geschah es, dass ich an meinem freien Nachmittag, als Heidi noch arbeiten musste, eine Kollegin mit nach Hause nahm. Wir kamen schnell zur Sache, doch meine Enttäuschung war groß. Ich wusste nicht, dass sie nur jemanden suchte, der sie entjungfern sollte. Als ich dann wieder allein war, schämte ich mich und weinte bitterlich, hatte ich doch meine große Liebe nun auch noch betrogen. Den Spaß an Sex hatte ich verloren und so gab es nur noch regelmäßige Pflichtzeiten, immer mittwochs nach dem Abendprogramm im Fernsehen. Da es mir keinen Spaß mehr machte, ging ich viel später zu Bett als sie. Auch sie hatte hin und wieder ihre Ausreden. Man macht zwar Witze darüber, aber das Thema Kopfschmerzen gab es wirklich.

Irgendwie war ich plötzlich mit meinem Leben nicht mehr zufrieden, alles war langweilig geworden und es gab nichts mehr, das mich hätte begeistern können. Dabei hatten wir eigentlich alles: Unsere Wohnung war nach unseren Wünschen eingerichtet, beruflich lief es ausgesprochen gut, selbst unser Traumwagen stand vor der Tür, ein Opel Manta, gelb mit schwarzem Lederdach, das an den freien Wochenenden mit Schuhcreme poliert wurde, er war unser ganzer Stolz.

Und doch fiel ich in ein tiefes Loch. Es musste sich was ändern, nur was? So beschloss ich, eine Kur einzureichen, die ich im November 1974 antrat. Norderney war mein Ziel.

Meiner geliebten Heidi tat es weh, dass ich nun für vier Wochen allein verreiste, doch sie setzte volles Vertrauen in meine Treue und ich versprach ihr, keine Dummheiten zu machen, was ich auch befolgte.

Doch wie hätten wir ahnen können, was mit mir in der Kur geschah? Ich spürte und erlebte plötzlich eine Freiheit, wie ich sie vorher nie kennen gelernt hatte. Kein Stress mit meiner Mutter, die weit weg war, keine sexuellen Pflichtabende, keine Planung, was wir uns als Nächstes zulegen sollten.

Ich genoss die Natur, liebte das Rauschen des Meeres und verlebte die gemeinsamen Abende mit gleichgesinnten Kurgästen. Schnell hatte ich viele Freunde gefunden, so dass ich mein Zuhause ganz vergaß. Wenn da nur nicht die regelmäßigen Briefe meiner Frau wären – kein Tag verging ohne einen Brief. In den ersten 14 Tagen las ich noch alle Briefe. Sie handelten von Sehnsucht und Liebe. Doch diese Liebe erdrückte mich nun und ich öffnete die Briefe nicht einmal mehr. Ich erwischte mich, dass ich sie, ohne sie zu lesen, in den Papierkorb warf.

Nach vier Wochen stand meine Heimreise an, doch ich flehte den Arzt an, meine Kur zu verlängern. So durfte ich noch eine weitere Woche bleiben. Ich wollte nicht mehr in mein altes Leben zurück, aber jede schöne Zeit geht mal vorüber. Am 6. Dezember 1974 musste ich die Heimreise antreten. Auf der Rückfahrt weinte ich bitterlich und wäre am liebsten irgendwo ausgestiegen, nur um nicht zurück zu müssen. Meine Frau erwartete mich sehnsüchtig und nahm mich mit Freudentränen in die Arme, als ich am Bahnhof ausstieg. Ich wies sie etwas zurück und bat erst mal um Abstand, um wieder zu mir zu kommen.

Das ging allerdings gründlich schief. Ich fing an zu trinken, und das reichlich, jeden Abend eine Flasche Weinbrand. Ich kaufte mir sämtliche Schallplatten von Barry White, die ich Abend für Abend über Kopfhörer hörte. Meine Frau tat mir leid, denn sie hatte von all meinen Sehnsüchten keine Ahnung. Nachdem ich vier Wochen nur noch im Vollrausch war, stellte sie mich zur Rede. Ich gestand, dass ich frei sein wollte, frei von allem, von Wohlstand, von Ehe und vor allem von meiner Mutter.

Heidi sah, dass ich mich zu Grunde trank und schlug mir eine kurzzeitige Trennung vor. Aber das reichte mir nicht, ich wollte die Scheidung.

Im Januar 1975 willigte meine Frau ein und wir versprachen uns dauerhafte Freundschaft. Am 9. Februar wurde unsere Scheidung vollzogen. Da ich noch keine eigene Wohnung hatte, durfte ich zunächst weiter bei ihr wohnen. Sie hoffte immer noch, dass alles nur ein böser Traum war.

IST ES NUR EIN TRAUM?

Am 12. Februar 1975, es war Weiberfastnacht, machte sich unsere Männerriege abends auf, um nach Frauen Ausschau zu halten, zu trinken, zu tanzen und zu sehen, was sich noch so tat. Der Abend endete in einer Tanzbar namens „Ball der einsamen Herzen". Ich muss gestehen, dass ich schon etwas angetrunken war, als sich meine Freunde von mir verabschiedeten. Nur die Musik hinderte mich daran, mit ihnen zu gehen. Also setzte ich mich, allein gelassen, an die Bar und bestellte mir einen Longdrink. Meine Gedanken waren bei meiner gescheiterten Ehe: Ich hab doch das Mädel so geliebt, sie hatte mein Leben in den Griff bekommen, was wollte ich denn noch? Freiheit, was ist das, hier allein an der Bar sitzen und mich schon wieder volllaufen lassen, ist das Freiheit?

Ich fingerte mir eine Zigarette aus der Packung und wollte sie gerade anzünden, als mich eine sympathische Frauenstimme von hinten ansprach und um Feuer bat. „Selbstverständlich", antwortete ich und drehte mich zu ihr um. Im Lichte des Feuerscheins trafen sich unsere Blicke und ich war wie vom Blitz getroffen.

„Darf ich mich setzen?", fragte sie. „Natürlich", bejahte ich. Ich war von ihrer Erscheinung überwältigt. Ihre langen schwarzen Haare reichten bis tief zu den Hüften, ihre dunkelbraunen Augen leuchteten unter den schwarzen Augenbrauen und kamen mir vor wie glänzende Edelsteine. Ihre Hautfarbe war so braun, als wäre sie erst vor kurzem aus dem Urlaub gekommen.

„So allein?", fragte sie. „Möchten wir tanzen?" Nein, tanzen wollte ich weiß Gott nicht, hatte ich doch gerade meine Scheidung hinter mir und fühlte mich noch von Schuldgefühlen belastet. Ich dachte sofort, sie sei eine Animierdame oder dergleichen, die sich hier ein Geschäft erhoffte. Trotzdem kamen wir ins Gespräch und sie erzählte mir, dass sie aus Persien stammte und für sechs Monate hier in Deutschland bei ihrem Bruder wohnte. Schnell hatte sie meine Neugierde geweckt und es ergab sich, dass wir uns angeregt unterhielten.

Als dann der Hit „Griechischer Wein" von Udo Jürgens gespielt wurde, hielt es mich auch nicht mehr auf dem Hocker. Wir tanzten wie wild, sie schwebte in meinen Armen, und ich war wie besessen von ihr. Der Alkohol tat sein Übriges, bis ich mir schon ganz verliebt vorkam. Wir küssten uns bei jedem Schmusesong, es fühlte sich an wie Liebe auf den ersten Blick, dabei kannten wir uns doch erst zwei Stunden. Je später es wurde, desto heftiger wurde mein Verlangen, sie zu küssen. Als ich es mit einem intensiveren Kuss versuchte, blockte sie mit den Worten ab: „Wenn du mich so küsst, dann musst du mich heiraten, das ist so Brauch bei uns." Mir war alles egal, war es doch nur Gerede, dachte ich. Gegen sechs Uhr morgens brachte ich sie nach Hause, wir tauschten unsere Telefonnummern aus und trennten uns.

Am folgenden Tag rief sie mich im Büro an. „Hallo, hier ist Minou! Wie geht es dir?" Ich wusste nicht, wie mir geschah, hatte ich doch den Namen schon fast vergessen, geschweige denn mit einem Anruf von meiner Nachtbekanntschaft gerechnet. Nach kurzem Smalltalk verabredeten wir uns zum Kaffee. Ich konnte es kaum erwarten, sie wiederzusehen. Sie war ja noch schöner, als ich sie in Erinnerung hatte. Unter ihrer offenen Pelzjacke trug sie ein weites Kleid. Ihre Absätze schienen fast zu hoch zu sein, doch sie konnte erstaunlich gut damit laufen. Ihr langes Haar hatte sie gekonnt zu einem Zopf gebunden, ihre Lippen und ihre Augen waren dezent geschminkt. Schüchtern und sichtlich nervös ging ich ihr entgegen. Ein kurzes Hallo war die ganze Begrüßung. Nachdem wir ein paar Schritte schweigend und ein wenig befangen nebeneinanderher gelaufen waren, hakte sie sich plötzlich bei mir ein und eröffnete das Gespräch: „Danke für gestern Abend!" Wir mussten beide lachen und erleichtert fiel mir ein Stein vom Herzen. Ziellos flanierten wir durch die Stadt und ließen die letzte Nacht nochmal Revue passieren. Als wir uns nach über drei Stunden voll charmantem Geplauder in einem Café trennten, da wusste ich längst, dass ich dieser hinreißenden Frau verfallen war.

Noch wohnte ich bei meiner Ex-Frau, wo es dann auch zu ersten größeren Problemen kam. Von nun an kam ich regelmäßig spätnachts nach Hause und schlief auf dem Sofa, damit Heidi nicht wach wurde. Nach 14 Tagen bat sie mich, mir eine eigene Wohnung zu suchen. So entschloss ich mich, da sich mir keine andere Möglichkeit bot, wieder zu meinen Eltern zu ziehen.

Der Abschied von Heidi wurde mir nicht leicht gemacht. Als ich abends von der Arbeit nach Hause kam, um meine letzten Sachen zu holen, stand das Essen auf dem Tisch. Heidi hatte mir zum Abschied mein so geliebtes Pfeffersteak gemacht. Nach dem Essen nahmen wir uns in die Arme und wünschten uns für die Zukunft alles Gute. Als ich das Haus verließ, konnte ich meine Tränen nicht zurückhalten, so leid tat mir alles, hatte ich doch ihr Leben zerstört und mein Leben in eine große Waagschale geworfen, ohne im Geringsten zu wissen, was daraus wurde. Sicher war ich mir bloß darüber, dass die Rückkehr zu meinen Eltern nur ein großer Fehler sein konnte.

In den nächsten Wochen traf ich mich täglich mit Minou, wir gingen viel spazieren und machten die Nacht zum Tag. Nach zwei Wochen lud sie mich zum Abendessen in ihrer Wohnung ein. Was dort geschah, lässt sich mit Worten kaum beschreiben. Als ich ihre Wohnung betrat, brannten überall Kerzen, leise Musik von Andy Williams erfüllte den Raum, Rosenduft von Räucherstäbchen durchdrang die Luft, auf dem Tisch lagen selbstgebackene persische Kekse. Minou trug ein leichtes, fast durchsichtiges Wickelkleid. Als sie sich setzte, fiel ihr Kleid etwas zur Seite, so dass ihre Oberschenkel zu sehen waren. Sie bot mir einen teuren Whisky an und ich setzte mich ihr gegenüber in den Sessel. Sie lächelte und fragte: „Hast du Angst vor mir?", wobei sie einladend mit der Hand neben sich auf das Sofa klopfte. Dieser Aufforderung konnte und wollte ich nicht widerstehen und so setzte ich mich neben sie. Das Wohnzimmer war sehr klein und wurde von einem Regal aus Eichenbohlen dominiert, bestückt mit bestimmt über 1000 Schallplatten. Der Raum war ausgeschmückt mit liebevoll verteilten Miniaturen aus Persien. Eine goldene weibliche Figur, die auf dem Tisch stand, fiel mir besonders auf. „Das ist eine Liebesgöttin", sagte Minou, als sie merkte, dass ich die Figur bewunderte. „Liebesgöttin?", fragte ich.

Minou lächelte und drückte mich dabei sanft auf das Sofa zurück. Ehe ich mich versah, hatten wir uns von den überflüssigen Kleidern befreit. Sie behielt nur noch ihren knappen, mit Spitzen bedeckten roten BH und einen dazu passenden winzigen Slip an. So was kannte ich bisher nur aus Zeitschriften. Ihr Körperduft berauschte mich dermaßen, dass ich meine Scham völlig verlor. Auf dem Rücken liegend, spürte ich, dass ich, ohne etwas dabei zu machen, in sie eindrang. Sie stöhnte, schrie lustvoll und jauchzte, als wir uns ganz hingaben. Bestimmt zwei Stunden überließen wir uns unserem Liebesspiel, wobei sie fast alle zehn Minuten einen Orgasmus bekam. So wild war sie, dass wir sogar einmal vom Sofa fielen. Sie hielt mich ganz fest und flüsterte mir persische Liebesworte ins Ohr. Von nun an nannte sie mich nur noch „Schan", was so viel wie „Mein Liebster" hieß.

Begann für mich nun eine neue Zeit? Ich konnte es kaum fassen. Hatte ich denn bis jetzt so viel verpasst? War das der Sex, von dem meine Freunde immer sprachen?

Als ich in den frühen Morgenstunden nach Hause fuhr, fielen mir Heidis Worte ein, sie hätte bei mir noch nie einen Orgasmus gehabt. Das sollte nun nie wieder eine Frau zu mir sagen.

Von da an war ich süchtig nach Minou, ich war verliebt und konnte mir ein Leben ohne sie nicht mehr vorstellen. Zu Hause schwärmte ich nur noch von Minou, wie lieb und hübsch sie sei, von ihrer geschmackvoll eingerichteten Wohnung und von ihrer Kochkunst.

Meine Mutter drängte mich, ich solle Minou doch mal mit nach Hause bringen, was ich aber ablehnte. Es reichte, dass ich mir immer noch anhören musste, was ich für eine schlechte Frau gehabt hätte, was mir immer sehr wehtat, denn ich war ja derjenige gewesen, der nichts im Griff gehabt hatte.

Mit der Zeit konnte ich allerdings ihrem Drängen nicht mehr standhalten, vor allem aber äußerte auch Minou den Wunsch, meine Eltern einmal kennen zu lernen. So kam, was kommen musste, und Minou wurde zum Abendessen eingeladen. Nach den ersten Höflichkeitsfloskeln und dem dritten Glas Wein nannte Minou meine Eltern plötzlich Mamischan und Papsilein. Damit hatte sie schlagartig das Herz meiner Mutter gewonnen. Von nun an war sie die liebste Wunschschwiegertochter. Minou wurde von meiner Mutter in der Nachbarschaft im wahrsten Sinne des Wortes herumgereicht und als die beste Frau, die es gab, bezeichnet. Nun, auch ich muss gestehen, dass ich stolz auf sie war und mich gern mit ihr zeigte.

Eines Tages, als ich von der Arbeit nach Hause kam, saß Minou schon bei meiner Mutter. Auf dem Tisch lagen sämtliche Fotoalben von mir, und die Frauen hatten sichtlich Spaß daran, meine Bilder zu begutachten. Als ich fragte, wo sie herkam, antwortete sie: „Deine Mutter hat mich zu einem Frauen-Nachmittag eingeladen." Eigentlich hatte ich ja nichts dagegen. Doch was geschah hier? Versuchte meine Mutter sich wieder mal in den Vordergrund zu stellen? Ich hätte es wahrlich nicht so ernst genommen, aber als sie auch die Bilder von Heidi aussortierte, ging mir das doch etwas zu weit. Dass sie in meiner Abwesenheit Heidi wieder mal schlecht gemacht hatte, erfuhr ich aber erst Tage später von Minou.

Trotz alldem erlebten wir eine ausgesprochen glückliche Zeit miteinander. Es schien, als könnte ich endlich meinen Frieden finden. Alles war harmonisch, bis eines Abends der Alkohol das wahre Gesicht von Minou enthüllte.

Eigentlich fing alles ganz harmlos an. Wir saßen in gemütlicher Runde bei meinen Eltern in der neu renovierten Kellerbar, der ganze Stolz meines Vaters. Monatelang hatte er daran gearbeitet, nun musste sie natürlich auch eingeweiht werden. Es gab Bier, Sekt und diverse Liköre, alles musste probiert werden, wir lachten viel und sprachen über ihre Heimat und über ihren Bruder, der hier studierte und seinen Doktor machen wollte. Sie erzählte, dass sie hier in Deutschland gebrauchte Autos kaufte, die sie in Persien für viel Geld wieder verkaufte, da dort deutsche Wagen äußerst beliebt waren. So hätte sie schon wieder vier Wagen in Düsseldorf stehen, die sie im folgenden Monat zusammen mit befreundeten Landsleuten nach Persien bringen wollte, wobei sie weit über 10.000 DM verdienen würde. Ich lächelte und sagte, ohne mir dabei was zu denken: „Du bist ja verrückt."

Entsetzt schaute sie mich mit großen Augen an, schüttete mir ihr volles Glas Bier ins Gesicht, schlug mit ihren Fäusten wie wild auf meine Brust ein und schrie mich an: „Du Idiot, du Arschloch! Was bildest du dir ein?" Sie sprang auf, riss ihre Jacke vom Ständer und rannte unter weiteren lauten Beschimpfungen aus dem Haus. Ich glaubte nicht, was da gerade geschah, ich meinte es doch nicht böse.

Wir wohnten in einem kleinen Vorort, die Straßenbeleuchtung war nicht die beste, so erschien die Nacht wie ein schwarzes Loch. Wer sich hier nicht auskannte, konnte sich ganz schnell verlaufen, und so lief ich ihr hinterher, um sie zurückzuholen. Aber sie war wie vom Erdboden verschwunden. Nach über einer Stunde fand ich sie weinend an einer Haltestelle. Als sie mich sah, kam sie sofort auf mich zu und schlug laut schreiend weiter auf mich ein: „Ich bin nicht verrückt!"

Ich beruhigte sie schließlich und so gingen wir gemeinsam zurück. Wieder zu Hause angekommen, bestellte sie sich ein Taxi, obwohl sie bei mir hätte schlafen können, und fuhr heim.

In den folgenden Tagen versuchte ich sie telefonisch zu erreichen, aber ohne Erfolg. Eine Woche verging, ohne dass ich etwas von ihr hörte. Also versuchte ich in ihrer Nachbarschaft etwas zu erfahren. Fassungslos erfuhr ich dann, dass sie zurück nach Persien gefahren sei und nicht wiederkäme. Für mich brach eine Welt zusammen, war ich doch so verliebt, dass ich mir ein Leben ohne sie nicht vorstellen konnte.

Ich fing wieder an zu trinken und man fand mich jeden Abend in meinem Stammlokal, wo man sich mit Knobeln und Kartenspiel die Zeit vertrieb. So konnte es aber nicht mit mir weitergehen, und ich beschloss, erstmals allein Urlaub zu machen. Ich buchte einen Singleclub und reiste nach Tunesien.

Schon am ersten Abend in der Hotelbar wurden die Neuankömmlinge vorgestellt. Die Clubgäste waren alle im Alter von 18 bis 28 Jahren. Da ich selbst 28 war, passte das hervorragend. Schnell hatte ich Kontakt und so kam es, dass schon die zweite Nacht mir ein sexuelles Vergnügen bescherte. Von Minou hatte ich ja allerlei Liebespraktiken gelernt, die ich voll auslebte. Da viele junge Frauen nicht schweigen können, kam es, dass ich etliche heimliche Anfragen von den Damen bekam. Am Pool sah man mich nun nur noch mit mindestens drei bis vier Frauen, und schon bald wurde ich Casanova genannt. Da ich auch zum Reiseleiter guten freundschaftlichen Kontakt hatte, arbeiteten wir gemeinsam das abendliche Unterhaltungsprogramm aus. Nach einer Woche durfte ich mich sogar selbst mal als Conférencier abends auf der Bühne behaupten. Das gefiel dem Hotelmanager so gut, dass ich fortan jeden Abend auf der Bühne stand. Nun war ich in der Frauenwelt noch beliebter geworden, so dass ich mich vor Liebesangeboten kaum retten konnte.

Ich beschloss, meinen Urlaub zu verlängern, und der Hotelmanager bot mir eine feste Anstellung als Conférencier an. Ich versuchte eine Aufenthaltsgenehmigung und eine Arbeitserlaubnis zu bekommen, was aber wegen der langsamen Bürokratie in Tunis nicht so recht klappte. Man riet mir, dies doch von Deutschland aus zu organisieren. So fuhr ich heim in guter Hoffnung, schon bald wieder nach Tunis zurückzukommen. Ich war wie besessen von der Idee, für immer in Tunesien zu bleiben. Der Hotelmanager sicherte mir sogar eine Unterkunft zu und mein Verdienst wäre für tunesische Verhältnisse durchaus angemessen. Ich wäre weit weg von zu Hause und keiner könnte mich mehr bevormunden.

MEINE FEMME FATALE

*E*ine große Überraschung aber erwartete mich zu Hause: Minou saß bei meinen Eltern und erwartete mich. Sie entschuldigte sich für alles und beteuerte, dass sie mich am liebsten nie wieder verlassen möchte. Ich verzieh ihr, denn im Grunde war ich froh, sie wieder bei mir zu haben. Wir verbrachten eine wunderschöne Zeit miteinander und bald dachte ich nicht mehr an Tunis.

Eines Morgens läutete das Telefon und Minou fragte mich: „Hast du Lust, mit uns übers Wochenende nach Holland zu fahren? Mein Bruder Ashkan möchte dich auch mal kennen lernen und dich deshalb einladen." Natürlich hatte ich Lust und freute mich riesig darauf. Ich ahnte nicht, was da auf mich zukam. In Holland bestimmte ihr Bruder in höflichem Ton über alles, selbst wann wir zu Bett gehen sollten. Wir besuchten einen Plattenladen nach dem anderen und er kaufte an die 50 Schallplatten. Natürlich musste ich aus Höflichkeit jeden Kauf gutheißen. Hatte ich mal eine Platte ausgesucht, die mir gefiel, so äußerte er sich nur abwertend, dass ich wohl keinen guten Geschmack hätte. Am liebsten wäre ich sofort wieder zurückgefahren, schon die Unterkunft war eine Katastrophe, so hatte ihr Bruder ein schönes Doppelzimmer und wir mussten hinter dem Haus in einer Garage auf Feldbetten nächtigen.

Als Ashkan mich fragte, was ich beruflich mache, verurteilte er meinen Beruf, denn schließlich hätte ich doch studieren können. Ich war jedoch mit meinem Beruf als Merchandiser in der Werbebranche sehr zufrieden. Das ganze Wochenende war nicht in meinem Sinne, aber was tut man nicht alles, um seiner großen Liebe zu gefallen.

Wurde hier schon der Grundstein für den Zwist zwischen ihrem Bruder und mir gelegt?

Eines Tages, ich konnte es kaum fassen, gestand sie mir, dass ihr die Ausweisung aus Deutschland drohte, da sie keine Aufenthaltsgenehmigung hätte. Es gebe nur eine Möglichkeit, um das zu verhindern, nämlich Heiraten.

Für mich war das kein Problem, da ich ja sehr glücklich mit ihr war, wir keinen Streit hatten und sie sich mit meinen Eltern gut verstand. Wie es aber so Sitte ist, stand erst mal die Verlobung an. Wir richteten in ihrer Wohnung alles her, schmückten sie mit bunten Fähnchen und Minou bereitete persisches Essen vor. Alles war perfekt, und so konnten die Gäste abends kommen. Wir hatten unsere Freunde und meine Eltern eingeladen. Ihr Bruder war auch überaus entgegenkommend und bewirtete uns abends mit persischer Gastfreundlichkeit. Mir schien jedoch, als ob er nicht so ganz mit mir einverstanden war, denn seine Schwester hätte wohl nach seinem Sinne was Besseres verdient. Wenn ich zu diesem Zeitpunkt schon geahnt hätte, welche Folgen das für meine zukünftige Ehe haben würde, hätte ich nie geheiratet.

So schön unsere Verlobungsfeier begonnen hatte, so dramatisch und hässlich endete sie vorzeitig. Erst tanzten und sangen wir zu den uns bekannten Schlagern. Es wurde viel Alkohol getrunken und alle waren zufrieden. Jeder unterhielt sich mit seinem Tischnachbarn über dieses und jenes. Auch ich plauderte mit einer ihrer Freundinnen. Wir sprachen über unsere Lieblingssänger und stellten fest, dass Neil Diamond unser gemeinsamer Favorit war. Da sie nicht alle Songs von ihm kannte, suchte ich also ein Lied aus und legte die Platte auf mit den Worten: „Dieses Lied spiele ich nur für dich."

Minou saß mir auf dem Sofa gegenüber. Als sie diesen Satz hörte, drehte sie total durch. Mit nur einem Handgriff stieß sie den Wohnzimmertisch um und alles flog mit lautem Scheppern durch die Wohnung. Schreiend sprang sie mir entgegen: „Du Verräter, du Schwein, du Betrüger, und so was soll ich heiraten!" Sie schlug wie wild auf mich ein, so dass nur ihr Bruder sie zurückhalten konnte. Unsere Verlobungsgeschenke warf sie mit Getöse in den Hausflur. Sie schrie nur noch: „Raus, raus aus meiner Wohnung und nimm deine verkalkten Eltern mit. Ich will euch nie mehr sehen!" Keiner konnte verstehen, was da gerade geschah, keiner konnte sie beruhigen. Das war dann wohl das Aus, das endgültige Aus.

Zwei Tage vergingen, als Minou unter Tränen bei uns anrief. Es täte ihr so leid, sie habe das alles nicht gewollt, der Alkohol und die Eifersucht seien wohl mit ihr an dem Abend durchgegangen. Sie würde alles tun, um das Geschehene wieder gutzumachen, und flehte mich förmlich an, ihr zu verzeihen, denn sie liebte mich doch. So versuchte ich alles zu vergessen und kehrte zu ihr zurück. Nur meine Mutter verzieh ihr nicht, unser Haus durfte sie zunächst nicht mehr betreten.

Um mir über alles klar zu werden, beschloss ich mal wieder, zur Kur zu fahren, diesmal für vier Wochen nach Davos. Ich hoffte darauf, den gleichen Mut zu fassen wie beim letzten Mal. Hier wäre es doch nur eine Trennung und keine Scheidung. Aber der Gedanke an Minou ließ mich nicht zur Ruhe kommen, auch die täglichen Telefonate mit ihr brachten mich nicht weiter. Als sie mich in der dritten Kurwoche dann auch noch besuchte, konnte ich keinen klaren Gedanken mehr fassen. Ich packte meine Koffer und brach die Kur ab. Ich musste und wollte nur noch mit Minou zusammenleben.

Doch kaum wieder zu Hause angekommen, ereilte mich der nächste Schock. Minou hatte ihre Ausweisung zum 30. Juni 1976 bekommen. Es gab nur eine Möglichkeit: Wir mussten heiraten. Doch so einfach war das nicht. Alle Dokumente mussten vom Deutschen ins Persische und umgekehrt übersetzt werden. Jedoch ließen sich die Ämter dabei Zeit, und so rückte der Abschiebungstermin immer näher. Oft mussten wir zur persischen Botschaft nach Bonn, und immer war die Angst mit dabei, dass Minou verhaftet wird. Alldem zum Trotz suchten wir uns eine kleine Wohnung, die wir uns liebevoll einrichteten.

Im April 1977 war es dann endlich geschafft und wir konnten heirateten. Unser Polterabend war traumhaft, mit über 50 Gästen aus ganz Deutschland und der Schweiz feierten wir mit Live-Musik bis in die frühen Morgenstunden. An diesem Abend lernte ich zum ersten Mal auch ihre persischen Landsleute kennen, die ihr Bruder allerdings ohne mein Wissen und ohne Absprache mit mir eingeladen hatte. Von daher wurde auf unserer Feier ebenso Deutsch wie Persisch gesprochen.

Minou liebte kleine Margeriten und ihr Traum war es, ein weißes Kleid, bestickt mit diesen zierlichen kleinen Blumen, zu tragen und im Haar einen Kranz aus weißen Margeriten. Da es aber April war, gab es in ganz Deutschland noch keine Margeriten. Schon Wochen vorher versuchte ich bei jedem Blumenhändler in unserer Stadt Margeriten zu bestellen, aber es schien fast aussichtslos zu sein, welche zu bekommen. Nach nochmaligem Nachfragen beim größten Händler in der Stadt machte er mir jedoch Hoffnung und fragte mich nach dem Betrag, den ich anlegen wollte, sowie nach der Menge und dem genauen Liefertermin. Der Preis spielte keine Rolle für mich, wichtig waren mir nur die Blumen. Ein paar Tage vor unserer Hochzeit bekam ich endlich den ersehnten Anruf, dass ein Karton Margeriten aus Israel pünktlich zur Trauung eintreffen könnte. So bestellte ich einen Brautstrauß und einen Kopfschmuck aus Margeriten und einen Weidenkorb mit Streublumen.

Am 22. April 1977 um elf Uhr war es dann endlich so weit. Wie immer war ich mal wieder überpünktlich und so lief ich schon 20 Minuten früher in den Gängen des Standesamtes nervös hin und her. Je näher es auf elf Uhr zuging, umso nervöser wurde ich. Als die Standesbeamtin um Viertel nach elf schon zum dritten Mal meinen Namen aufrief, war ich fast einem Zusammenbruch nahe.

Schon von weitem hörte ich sie, wie sie schimpfend mit ihrem Bruder die Treppe heraufkam. Als sie den Brautstrauß und den Blumenkranz fürs Haar sah, brach sie vor Freude in Tränen aus. Ashkan jedoch grinste nur. „Das ist in Persien so Sitte", meinte er, „dass man den Bräutigam etwas warten lässt." Ich machte gute Miene zum bösen Spiel, hatte ich doch von ihm nichts zu erwarten. Als wir aus dem Trauzimmer kamen, war der Boden im Flur übersät mit Margeritenblüten und -köpfen. Minou fühlte sich, als ob sie auf Wolken schwebte.

Als ich Tage später meine liebe Frau auf seine Bemerkung ansprach, sagte sie nur: „Ach lass ihn doch, er hat es doch nur gut gemeint, und außerdem ist das bei uns so üblich." Ich beließ es dabei und hoffte nur, dass mein Schwager sich nicht mehr in meine Angelegenheiten einmischte – eine vergebliche Hoffnung.

Schon bald dekorierte er meine Wohnung um, hängte die Bilder anders auf, verrückte die Couch und die Sessel, mit der Begründung, dass es so doch besser aussähe. Und immer wieder musste ich mir anhören: „Ach lass ihn doch, er meint es doch nur gut."

Nun gab es gleich zwei, die sich ungebeten in mein Leben einmischten, meine Mutter und mein Schwager.

Trotz alldem führten wir eine sehr glückliche Ehe. Schon bald wurde Minou schwanger und wir schwebten beide im siebten Himmel. Im dritten Monat der Schwangerschaft passierte jedoch das Unfassbare. Minou ging zum Einkaufen allein über den Markt, der einmal pro Woche auf dem Rathausplatz stattfand. Plötzlich erlitt sie einen Blutsturz. Das Blut lief ihr die Beine herunter und ihr wurde ganz übel. Doch keiner der anwesenden Passanten wollte ihr helfen, stattdessen wurde sie als „dreckige Ausländerin" beschimpft. Sie schleppte sich nach Hause und fiel mir unter Tränen in die Arme. Sofort rief ich in den beiden örtlichen Krankenhäusern an, um einen Krankenwagen zu rufen und eine Einweisung zu bekommen. Nachdem man telefonisch die Personaldaten aufgenommen hatte, mussten wir warten, nur um dann eine Absage zu erhalten mit den Worten, es sei kein Bett frei. So blieb uns nichts anderes übrig, als ein Taxi zu bestellen. Der Taxifahrer jedoch wollte uns nun auch nicht zum nächsten Krankenhaus bringen, erst als ich ihm 50 DM extra anbot, war er bereit, uns in die nächste Stadt ins

Krankenhaus zu fahren. Doch alles war vergebens: Wir hatten unser erstes Kind verloren.

Von da an veränderte sich Minou, sie reagierte empfindlich auf jede ausländerfeindliche Äußerung, die sie nur hörte, und so dauerte es nicht lange, bis es zum ersten großen Krach in unserer Ehe kam.

Wir waren wieder mal bei meinen Eltern zu Besuch und nach ausgiebigem Alkoholgenuss ließ meine Mutter nichtsahnend eine Bemerkung fallen: „Es sind ja wohl schon ziemlich viele Ausländer in Deutschland." Minou sprang sofort auf, zog sich an und sagte nur: "Komm, wir gehen oder willst du bei deiner rassenfeindlichen Mutter bleiben?" Ich konnte sie nicht beruhigen und so fuhren wir schweigend nach Hause. Ich hatte nichts getrunken, da ich mit dem Auto unterwegs war.

Zu Hause angekommen, ließ ich Minou vor unserer Tür aussteigen, da unser Parkplatz etwa 100 Meter weiter weg war. Keine 50 Meter von unserer Wohnung entfernt standen fünf Jugendliche auf der Straße, die nach einer Party mit lautem Gelächter auf ein Taxi warteten. So kamen sie auf die Idee eines kleinen Wettrennens, der Verlierer sollte das Taxi bezahlen. Ich hatte unseren Wagen gerade abgeschlossen, als ich ein großes Geschrei hörte. Minou hielt einen der Jugendlichen fest und schrie ihn an, was er nachts hier zu suchen hätte. Noch bevor ich bei ihr war, hatte es sich zu einem handfesten Streit entwickelt. Minou riss an seinen Kleidern und schlug ihn mit der Faust mehrere Male ins Gesicht. Im Nu kamen die anderen Jugendlichen zu Hilfe und die Situation eskalierte mit lautem Geschrei und Gestoße.

Keiner wusste genau, warum Minou so aggressiv geworden war. Man bat mich, meine Frau endlich mitzunehmen, bevor man die Polizei rufe. Ich hakte sie fest unter meinem Arm ein und nahm sie mit in unsere Wohnung. Sie aber konnte sich nicht beruhigen und schlug nun auf mich ein. Bei dem Versuch, sie zu beruhigen, gingen diverse Gläser und Teller zu Bruch. Unter lautem Schreien verließ sie unsere Wohnung, wobei sie mit einem mächtigen Knall die Glastür unserer Eingangstür zuschlug, so dass sie in 1000 Teile zerbrach.

Am nächsten Morgen ließ ich sofort eine neue Glastür einsetzen und entsorgte die in der Nacht entstandenen Schäden. Minou kam gegen neun Uhr nach Hause, sie hatte wohl bei ihrem Bruder geschlafen. Es herrschte erst mal Funkstille zwischen uns. Keiner sprach ein Wort. Ich hatte bei meinem Arbeitgeber um einen freien Tag gebeten, denn meine Nerven waren ziemlich ruiniert. Ich muss gestehen, dass ich so etwas noch nie erlebt hatte, dass eine Frau – und dann noch meine Frau – derartig ausrasten kann.

Am späten Nachmittag stand unsere Vermieterin mit einem Brief vor der Tür. Sie schaute mich traurig an, doch eher schien es mir, als sei sie überrascht, dass ich noch lebte. Mit leisen Worten flüsterte sie mir zu: „Trennen Sie sich bloß von dieser Bestie, sonst nimmt das noch ein böses Ende mit Ihnen!"

Mit einem gezwungenen Lächeln öffnete ich den Brief, nickte ihr zu und schloss die Tür. Es war die erste Kündigung in meinem Leben, zum Ersten des Folgemonats sollten wir die Wohnung räumen.

Ich legte Minou die Kündigung vor und sagt mit gedrückter Stimme: „Das hast du nun davon, geh bitte nach unten und entschuldige dich für den entstandenen Schaden. Versuch alles wieder in Ordnung zu bringen." In ihren Augen konnte ich ihre Wut aufblitzen sehen und mir war sofort klar, dass dieser Vorschlag ein Fehler war. Wütend sprang sie auf und verließ unsere Wohnung, die wir mit so viel Liebe eingerichtet hatten.

Schon im Hausflur fing sie an zu schreien. „Diese Asozialen! Nur unser Geld wollen sie! Dieser Schlampe werde ich es zeigen!" Sie war kaum zu beruhigen und schlug mit den Fäusten wie wild gegen die Eingangstür. Es uferte zu einem lautstarken Streit im Hausflur aus, der nur durch das Eintreffen der Polizei unterbrochen wurde. Minou wurde nun auch noch mit auf die Wache genommen, wo sie sich erst mal beruhigen musste und wir eine Anzeige wegen Beleidigung und Hausfriedensbruch erhielten.

Musste das alles sein, nur weil am Vorabend meine Frau zu viel Alkohol getrunken und meine Mutter einen unüberlegten Satz von sich gegeben hatte?

Nein, ich versuchte es zu verstehen. Lag es an dem verlorenen Kind, dass sie so reagierte? Auch ich hatte doch mit dem Verlust des Kindes zu kämpfen. Könnte ich ihr doch nur über ihren Schmerz hinweghelfen! Ich liebte sie doch abgöttisch, so sehr, dass ich stets aufs Neue über ihre verwirrende Zwiespältigkeit hinwegsah.

WIE 1001 NACHT

Unsere neue Wohnung glich einem Palast. Allein unser Wohnzimmer war über 50 Quadratmeter groß. Nach und nach richteten wir uns mit Möbeln ein. Da ich Alleinverdiener war, dauerte es seine Zeit. Unser Bekanntenkreis wuchs stetig an. Auch wenn es überwiegend persische Landsleute waren, so ergaben sich doch wirklich gute Freundschaften. Ich wurde mit den Bräuchen bekannt gemacht, was ich als überaus angenehm empfand. Auch die persische Musik, die fast den ganzen Tag bei uns lief, war mir lieb geworden.

Manchmal allerdings fühlte ich mich ziemlich allein, da fast nur Persisch gesprochen wurde. Man entschuldigte sich zwar laufend und wechselte schnell wieder in die deutsche Sprache, aber verfiel dann doch nach geraumer Zeit wieder ins Persische. Wenn ihr Bruder zu Besuch kam, so wurde generell nur Persisch gesprochen, was mich auf Dauer richtig nervte. Meine Frau entschuldigte sich dafür mit der Begründung, es sei ein bisschen Heimatgefühl, was ich aber nicht ohne Weiteres akzeptieren konnte.

Es reichte mir schon, dass Ashkan unsere Wohnung grundlegend umdekoriert hatte. Kein Bild hing mehr am ursprünglichen Platz. Legte ich eine mir lieb gewordene Schallplatte auf, so wechselte er sie mit der Bemerkung, dass seine Plattenauswahl doch wohl besser sei als meine. Hatten wir am Wochenende was vor, etwa in einem bestimmten Lokal essen zu gehen, so änderte er unsere Pläne, da er angeblich ein besseres Lokal kennen würde. So gab er mir ständig das Gefühl, dass ich ein Nichts wäre und von nichts eine Ahnung hätte.

Wo war nur meine so ersehnte Freiheit geblieben? Ich wollte doch nur mit meiner lieben Frau unser eigenes Leben führen, was fast unmöglich war. Es schien so, als wenn ihr Bruder über unser Leben bestimmte.

Eines Tages, als ich von der Arbeit nach Hause kam, sah ich durch Zufall auf unser Türschild. Ich konnte es kaum fassen, war da doch mein Familienname entfernt und stattdessen der Geburtsname meiner Frau angebracht worden. Ich stellte Ashkan daraufhin zur Rede, was das sollte. Er wollte mir weisma chen, dass Minou Post aus ihrer Heimat erwartete und der Postbote so den Empfänger besser erkannte.

Nun hatte ich endgültig genug und so verwies ich ihn aus unserer Wohnung, womit Minou nicht so recht einverstanden war. Er sei doch ihr Bruder und er meine es doch nur gut mit uns. Ob gut oder nicht gut – was zu viel ist, ist zu viel. Ab diesem Zeitpunkt besuchte er uns nur noch, wenn ich nicht da war. Auch Minou besuchte ihn in seiner Praxis nur noch heimlich.

Nun war unsere Familie total zerrüttet. Seit dem Vorfall mit meiner Mutter fuhr meine Frau nicht mehr mit zu meinen Eltern, und das seit über einem Jahr, und nun auch noch der Bruch mit ihrem Bruder. Dies führte dazu, dass wir deswegen öfter einen kleinen Streit hatten. Meine Mutter bedrängte mich, die Meinungsverschiedenheiten doch zu schlichten und mich mit meinem Schwager wieder zu versöhnen, was meine Dickköpfigkeit aber nicht erlaubte.

Abgesehen von diesen Problemen führten wir doch eine glückliche Ehe. Wir waren ineinander verliebt und es schien, als ob uns nichts trennen könnte. Wir einigten uns darauf, nicht mehr über unsere Verwandten zu reden und auch die heimlichen Besuche für uns zu behalten. So war das Thema „Mutter" und „Bruder" erst mal erledigt. Unsere Liebe schien nun unermesslich zu sein und man hielt uns für das glücklichste Ehepaar des Jahrhunderts – so jedenfalls behaupteten es unsere Freunde.

Unser Bekanntenkreis weitete sich aus, so verkehrten mittlerweile die führenden Teppichhändler aus dem Großraum Düsseldorf, Essen, Duisburg und Mülheim bei uns. Das hatte den Vorteil, dass unsere Wohnung komplett mit Perserteppichen ausgelegt war. Alles war zu Beginn nur freundschaftliche Leihgabe, die aber mit den Jahren durch Kauf in unser Eigentum überging.

Auf unsere Wohnung waren wir richtig stolz, wir hatten sie liebevoll mit Biedermeier-Möbeln eingerichtet. Unser ganzer Stolz war ein Sekretär, den wir zu einer kleinen Bar umgestalteten, bestückt nur mit den feinsten und teuersten Getränken, fünfundzwanzigjähriger Whisky ebenso wie edelste Liköre. Im Sitzbereich funkelte ein großer zweistufiger Messing-Glastisch. Ein großer sechseckiger Esstisch krönte unseren Essbereich.

Unser Schlafzimmer war wie ein goldener Palast. Auf der roten Samttapete glänzten goldene Bilderrahmen mit persischen Motiven. Eine Wand war komplett von einem breiten Spiegelschrank verdeckt. Die Türen wurden durch Messingrahmen hervorgehoben. Zwischen zwei kleinen Messing-Glastischen mit je einer Tiffany-Lampe, die abends für warmes Licht sorgte, prunkte goldglänzend unser französisches kunstvoll gearbeitetes Messingbett. Ein sechsarmiger Kristall-Leuchter tauchte den Raum in ein sanftes Licht. Zwei aus Seide geknüpfte Gebetsteppiche schimmerten tagsüber im Sonnenlicht von der Wand. Im Licht unserer Nachttischlampen, die wir aus Paris mitgebracht hatten, kam man sich vor wie in einem Märchenzimmer aus Tausendundeiner Nacht.

In unserem Korridor, der mit einem sieben Meter langen Perserteppich ausgelegt war, standen jeweils kleine Glastischchen zwischen den einzelnen Zugangstüren. Als kleine Attraktion hatten wir dort noch einen Geldspielautomaten aufgehängt. Das jedoch sollte mein Leben einmal drastisch verändern.

So hatten wir unser kleines Reich prunkvoll ausgestattet. Jeder, der zu Besuch kam, fühlte sich bei uns sichtlich wohl. Einmal pro Woche trafen sich bis zu sechs persische Freunde bei uns und wir spielten nach einem guten Essen gemeinsam Karten. Was erst harmlos anfing, endete meistens mit einer Runde Black Jack. Hierfür hatten wir uns extra aus Paris einen Kartenschlitten und Spezialkarten mitgebracht. Auch der anfängliche Mindesteinsatz von 5 DM wurde schnell auf 50 DM erhöht. Da ich als Gastgeber Croupier sein durfte, ergab sich für uns eine gute Zusatzeinnahme, hin und wieder von bis zu 500 DM.

Es ging uns gut, um nicht zu sagen sehr gut. Vor unserer Wohnung stand neben meinem Firmenwagen an manchem Wochenende auch ein Buick-Luxuswagen, den ich zum gelegentlichen Gebrauch beim Kartenspiel gewonnen hatte. Reisen nach Nizza, Cannes, Monte Carlo oder Paris nutzten wir zu diversen Casino-Besuchen, um die Techniken eines Croupiers besser kennen zu lernen. Hin und wieder fuhr ich auch nach Aachen, wo ein neues Casino eröffnet worden war. Zunächst merkte ich gar nicht, dass sich bei mir allmählich eine Spielsucht einschlich. Alles in allem schien es, als hätten Minou und ich es geschafft, uns in unserem gemeinsamen Leben richtig gut einzurichten und es in vollen Zügen zu genießen.

DAS LEBEN, EIN AUF UND AB

Drei Jahre waren wir nun schon glücklich verheiratet, als ein tragischer Zwischenfall unser Leben veränderte. Ich kam wie gewohnt abends von meiner Arbeit nach Hause und fand meine liebe Frau weinend im Schlafzimmer. „Was ist geschehen?", fragte ich voller Sorge.

„Es ist wieder passiert", schluchzte sie kaum verständlich. „Was?", fragte ich, als wenn ich es schon geahnt hätte.

„Ich hab es wieder verloren, es sollte doch eine Überraschung sein, und nun ... ich war im dritten Monat." Ich nahm sie in den Arm und versuchte sie zu trösten. Doch das war wohl der falsche Zeitpunkt dafür, sie schlug wie wild auf mich ein und beschimpfte mich mit den übelsten Wörtern.

Am nächsten Tag schlug ich ihr vor, mit mir einen Frauenarzt aufzusuchen. Doch es gab ihrer Meinung nach nur einen Arzt, der ihr helfen könnte – ihr Bruder.

So sprang ich aus Liebe zu meiner Frau über meinen Schatten und stimmte einem Treffen zu. Bruder und Schwester lagen sich weinend in den Armen und schworen, sich nie mehr durch Streitigkeiten trennen zu lassen. Ashkan versprach mir, dass er sich in Zukunft aus unserer Ehe heraushalten und alles dafür tun würde, dass wir eine glückliche Familie bleiben.

Da er Internist mit mittlerweile eigener Praxis war, nahm er uns als Patienten auf. Bevor er jedoch eine Überweisung für einen Frauenarzt ausstellte, untersuchte er uns beide gründlich, wobei er feststellte, dass Minou kerngesund war, ich es jedoch an der Schilddrüse hatte und unter Vitaminmangel litt, was wiederum Giftstoffe in meinem Körper freisetzte. Nun, da ich von Medizin keine Ahnung hatte, musste ich das akzeptieren. Ich bekam Tabletten dagegen, die ich aber nie einnahm. Einmal pro Woche erhielt ich eine Infusion, wofür ich fast zwei Stunden bei ihm auf der Couch liegen musste. Danach war ich immer ganz schwach und ein süßlicher Geschmack lag unter meiner Zunge. Er behauptete, das sei normal und der Körper müsse sich erst an die Vitamine gewöhnen. Minou dagegen wurde auf unsere Bitte zum Frauenarzt geschickt, aber das Ergebnis dieser Untersuchung wurde uns nie mitgeteilt. Immer hieß es, dass mit ihr alles in Ordnung sei und der Fehler wohl bei mir liegen müsse. Meine Spermien seien wohl zu schwach. Ich hatte leider von alldem keine Ahnung, schließlich wurde ich auch nie aufgeklärt. Aber ich wollte ja Frieden mit ihm halten, und so zog ich keinen anderen Arzt zurate.

Minou hatte sich nun auch wieder mit meiner Mutter versöhnt. Obwohl man eine Anspannung bemerkte, besuchten wir meine Eltern wieder regelmäßig. Auch ihr Bruder verkehrte wieder bei uns. Er veränderte nichts mehr bei uns, im Gegenteil, er fand plötzlich alles gut, was ich so trieb. Wichtig für ihn war nur, dass wir regelmäßig seine Praxis aufsuchten und alle nur denkbaren Untersuchungen über uns ergehen ließen. So kam es, dass er mich zwecks einer Spermien-Untersuchung zum Urologen schickte, wo ich in einer kleinen Zelle, ausgerüstet mit diversen Pornoheften, masturbieren musste, und das dreimal im Monat. Drei Monate warteten wir auf das Ergebnis, es war ein großer Schock: Ich sei nicht zeugungsfähig, meine Spermien hätten nicht genügend Lebenskraft.

Von da an veränderte sich Minou. Wir waren nun schon fast vier Jahre verheiratet und bis dato sehr glücklich, unser Sexualleben war nicht auf bestimmte Zeiten festgelegt, sondern vielmehr spontan und ausgiebig. Nun aber schien es mir, als hätte sie die Lust daran verloren, ich musste fast um ein Schäferstündchen betteln.

Getrunken hatten wir ja mit unseren Besuchern regelmäßig, aber nun trank Minou täglich. Hatten wir unseren Whisky bisher flaschenweise gekauft, bestellten wir nun gleich ein bis zwei Kartons. Nicht dass sie durch die Wohnung taumelte, doch ein kleiner Rausch war fast an der Tagesordnung. Auch wurde sie immer aggressiver und warf auch hin und wieder Gegenstände durch die Wohnung. In unserer Ehe ging es nun ziemlich angespannt zu und ihre Aggressivität ließ Minou auch an meiner Mutter aus.

Als meine Eltern einmal unangemeldet zu Besuch kamen, was uns gerade nicht passte, da wir einen gemeinsamen Termin hatten, schlug ich vor, sie sollten sich in der Zwischenzeit ruhig schon mal einen Kaffee machen. Minou hatte zu diesem Zeitpunkt immer schon das Gefühl, dass meine Mutter in unserer Abwesenheit unsere Schränke inspizierte. Also stellte sie in unserem Schlafzimmerschrank hinter jeder Tür ein Streichholz auf. Nachdem wir wieder zu Hause waren, kontrollierte sie den Schrank. Laut schimpfend kam sie aus dem Schlafzimmer und griff erbost meine Mutter an. Vor jeder Tür lag ein Streichholz, das beim Öffnen rausgefallen war. Nun hatte sie meine Mutter dabei ertappt, dass sie unsere Schränke tatsächlich durchsucht hatte. Damit kam es zu einem neuen heftigen Streit. Minou forderte meine Eltern auf, sofort zu gehen, und meine Mutter schrie: „Trenn dich endlich von dieser Frau." Es war das reinste Chaos und ich stand wieder mal zwischen den beiden. Von nun an war der Bruch mit meinen Eltern endgültig, es gab kein Zurück mehr. Ich durfte nicht mal mehr von ihnen sprechen, selbst dann nicht, wenn sich jemand nach ihnen erkundigte.

Vermutlich lag es an Minous psychischem Zustand nach der erneuten Fehlgeburt. Ich hoffte, dass sich alles wieder legen würde, auch der regelmäßige Alkoholkonsum musste gebremst werden. So wandte ich mich an ihren Bruder, der jedoch mir an der ganzen Krise die Schuld gab. So verbot ich den weiteren Einkauf von Whisky und sonstigen alkoholischen Getränken. Unsere Kartenabende wurden auch bis auf Weiteres abgesagt. Minou war mit allem einverstanden, und es schien, als würde alles wieder seinen normalen Gang gehen. Das nächste halbe Jahr war wieder so, als ob nie etwas gewesen wäre. Es herrschte schönste Harmonie, unser Eheleben war wieder wie am Anfang, unser Liebesleben entdeckten wir auch wieder neu, und Gäste konnten uns ebenfalls hin und wieder besuchen. Wir hatten es geschafft, nichts konnte uns wieder trennen. So beschlossen wir, über Weihnachten und Neujahr in den Urlaub zu fahren. Unser Zielort sollte Kreta sein.

Doch hatte ich nicht mit ihrem Bruder gerechnet, der immer noch seine schützende Hand über Minou hielt. Er beglückwünschte uns zu der erfolgreichen Therapie, die wir im letzten halben Jahr gemacht hatten, missbilligte aber unser Urlaubsziel. So kam es, dass er uns mit vier Reiseunterlagen besuchte. Ohne unser Wissen hatte er unsere Buchung storniert und stattdessen zwei Bungalows auf Fuerteventura gebucht. Es sollte ein Geschenk sein und die weiteren Kosten würde er übernehmen. Minou freute sich riesig, ich jedoch war da gar nicht mit einverstanden. Ashkan versprach uns aber, dass wir dort ganz unter uns bleiben würden, da er ja eine seiner Freundinnen mitnehmen würde. Also willigten wir ein und mit der Zeit freuten wir uns schon auf einen schönen Urlaub.

Am Urlaubsziel angekommen, wurden wir buchstäblich vor nackte Tatsachen gestellt: Die Ferienanlage war ein FKK-Club, was uns nun gar nicht recht war. Minou, von der persischen Moral geprägt, schämte sich so sehr, dass sie die ersten zwei Tage unseren Bungalow nicht verließ. Auch ich hatte damit meine Probleme und blieb erst mal mit ihr im Haus. Da wir nicht abreisen konnten, passten wir uns den Gepflogenheiten an. Nach zwei Tagen hatten auch wir uns daran gewöhnt und es hätte noch ein schöner Urlaub werden können, wenn Ashkan nicht ständig darüber bestimmt hätte, was, wann und wo wir essen, was wir trinken und welche Ausflüge wir wann und wo machen sollten.

Dann geschah der vermeintliche Unfall. Ashkan hatte sich einen Jeep für eine Strandfahrt geliehen. Die Bedingung lautete, den kilometerlangen Strand nicht zu verlassen und nicht in den Dünen zu fahren. Nach etwa fünf Kilometer jedoch, es war nirgends ein Mensch zu sehen, packte es ihn und er musste quer durch die Dünen fahren. Nicht nur, dass er mit Vollgas die Dünen rauf und runter fuhr, er nahm die Dünentäler auch ziemlich scharf, so dass man manchmal das Gefühl hatte, der Jeep würde umkippen. Minou schrie und schimpfte mit ihm, er solle sofort anhalten, ansonsten würde sie während der Fahrt abspringen. Also hielt er in einem Dünental an, was zur Folge hatte, dass der schwere Jeep bis auf die Achsen im weichen Sand einsackte.

Bruder und Schwester sprangen vom Wagen, schrien sich in ihrer Landessprache an und schlugen wie wild aufeinander ein. Seine Freundin saß auf dem Beifahrersitz und weinte wie ein kleines Kind, dem man sein Spielzeug weggenommen hatte. Ich begutachtete den Schaden und versuchte eine Lösung zu finden. Nun fiel auch mein Name inmitten des Geschreis. Ich wusste nicht, worum es ging, es interessierte mich auch nicht, ich wollte nur hier weg. Die Sonne hatte noch nicht ihren Höhepunkt erreicht, trotzdem waren es bestimmt schon über 30 Grad und Schatten gab es nirgends. Ein kleiner Spaten, der unter dem Sitz lag, war unsere einzige Hilfe.

So begannen wir mit bloßen Händen damit, die einzelnen Räder frei zu schaufeln, damit Ashkan durch langsames Anfahren den Jeep frei bekommen konnte, was aber durch erneutes Einsacken fehlschlug. Da wir auch kein Wasser dabei hatten, eskalierte die Situation zu einem noch größeren Streit zwischen den Geschwistern. Seine Freundin dagegen konnte sich überhaupt nicht mehr beruhigen und jammerte nur noch: „Wir werden hier verdursten, wir werden hier sterben, keiner wird uns finden." Daraufhin wurde ihr lautstark der Mund verboten, was dazu führte, dass sie noch lauter weinte.

Seit zwei Stunden versuchten wir nun schon, den Wagen frei zu bekommen, aber ohne Erfolg. Seit gut einer Stunde herrschte Funkstille, keiner sagte mehr ein Wort, jeder versuchte ein Rad aus diesem weichen Sand zu befreien. Jedes Mal sackte der Jeep wieder ein. Die Verzweiflung war deutlich zu spüren und immer wieder wurde mein Name genannt, nur wusste ich nicht warum, da alle Gespräche nur noch auf Persisch geführt wurden

Nach drei Stunden unter brütend heißer Sonne sprang Minou plötzlich auf, nahm mich zur Seite und sagte: „Komm, Schatz, wir gehen, lass dieses Arschloch doch hier verrecken!" Fünf Kilometer bis zur nächsten Ortschaft, bei dieser Hitze, ohne Wasser, ohne Schatten, aber wir mussten es versuchen, um Hilfe zu holen. Also machten wir uns auf den Weg, erst Richtung Strand und dann am Wasser entlang Richtung Hotel. Nachdem wir nach etwa einer Stunde die Hälfte des Weges hinter uns gebracht hatten, hörten wir Motorgeräusch näher kommen. Ashkan hatte es geschafft, endlich konnten wir die Heimreise fortsetzen. Aber nein, mit aufbrausendem Motor und einer lauten Beschimpfung fuhr er an uns vorbei! Hatten wir vor, im Ort Hilfe zu holen, so ließ er uns hier am Strand einfach stehen.

So brauchten wir nochmals fast zwei Stunden, bis wir erschöpft und total verbrannt von der Sonne in unserer Hotelanlage ankamen. Minou war so stark verbrannt, dass wir den Hotelarzt hinzuziehen mussten. Wie sich nach einem Gespräch mit meiner Frau herausstellte, gab Ashkan mir die Schuld an dem ganzen Desaster. Wie wir hörten, brach seine Freundin am nächsten Tag den Urlaub ab. Wir jedoch gingen uns an den restlichen sieben Tagen aus dem Weg. Saßen wir an der Hotelbar und er sah uns, kehrte er sofort um. Am hoteleigenen Strand lagen wir mindestens 100 Meter auseinander. Wir aber nutzten diese sieben Tage voll aus und waren glücklich miteinander.

EINE GLÜCKLICHE REISE

*L*ange Zeit hörten wir nichts mehr von ihrem Bruder. Es war einfach nur schön, dieser Frieden, diese Freiheit, endlich zählten nur noch wir zwei. Keiner bestimmte mehr über uns, weder meine Mutter noch ihr Bruder. Minou war nun wieder eine glückliche Ehefrau.

Der Sommer kam und es reizte uns, wieder mal nach Paris zu fahren. Da ich noch zwei Wochen Urlaub bekam, hatten wir eine Wahnsinnsidee: einfach mit dem Auto auf Frankreich-Tour, runter nach Nizza und dann zurück über Paris wieder nach Hause. Schlafen wollten wir überwiegend im Auto, da mein Firmenwagen ein Kombi war.

Gesagt, getan. Liebevoll bestückten wir den Wagen. Die Rücksitze wurden nach vorn geklappt, um auf die Ladefläche zwei Luftmatratzen zu legen. Für die Fenster nähte Minou kleine Vorhänge, die wir mit Klebeband befestigten. Unsere eingetauschten Francs deponierten wir unter dem Reserverad. So konnte es dann losgehen.

Wir genossen die herrlichen Landschaften und machten mal hier, mal dort Halt. In der ersten Nacht, als wir schon in den französischen Alpen waren, übernachteten wir auf einer kleinen Lichtung an einem Bach abseits der Straße. Weit und breit war kein Mensch zu sehen und so konnten wir nach einem reichhaltigen Picknick unseren Gefühlen ungestört freien Lauf lassen. Wir waren wie kleine Kinder, spielten Fangen und badeten in dem eiskalten Bach.

Am nächsten Abend erreichten wir unser erstes Ziel: Nizza. Nach einem ausgiebigen Abendessen gegen 22 Uhr suchten wir im Dunkeln noch eine geeignete Parkmöglichkeit, wo wir im Auto schlafen konnten. In einer abgelegenen Bucht parkten wir den Wagen rückwärts nur 20 Meter vom Wasser entfernt. Wir machten es uns auf unseren Luftmatratzen bequem und lauschten bis zum Einschlafen dem Rauschen des Meeres. Nur bedachten wir nicht, dass es auch am Mittelmeer Ebbe und Flut gibt. So war der Schreck riesengroß, als wir morgens wach wurden und unser Wagen bis knapp über den Achsen im Wasser stand.

Für die folgende Nacht planten wir dann doch, in einem Hotel oder einer Pension unterzukommen. Unser erstes Anlaufziel war das weltberühmte Hotel „Negresco". Stolz und mit erhobenem Kopf betraten wir die Rezeption und erkundigten uns, ob noch ein Doppelzimmer frei sei. Nach der Bestätigung wollten wir natürlich das Zimmer erst mal begutachten. Als wir den Zimmerpreis sahen, sagten wir das Zimmer großkotzig wieder ab unter dem Vorwand, es würde uns nicht gefallen. Mit einem Grinsen verließen wir das Hotel wieder und der Portier, gekleidet mit einer Art Smoking und mit einer hoteleigenen Kappe auf dem Kopf, öffnete uns mit einer galanten Verbeugung die Ausgangstür und wünschte uns noch einen schönen Tag. Lachend suchten wir uns dann eine kleine Pension, die uns mehr zusagte.

Am Nachmittag schlenderten wir entspannt durch die kleinen Gässchen von Nizza und schauten den Bocciaspielern bei ihrem Treiben zu. Da Minou die französische Sprache beherrschte, kamen wir auch schnell mit ihnen ins Gespräch. Prompt wurde auch ich zu einem Spiel eingeladen. Mit Wein und Baguette wurde der Nachmittag perfekt abgerundet.

Es schien, als gehöre uns die Welt allein. Als wir abends unseren Heimweg antraten, klang aus einem Hinterhof Tanzmusik, die uns direkt zum Tanz aufforderte. Im Nu trafen noch mehrere Passanten ein, die sich mit uns im Kreise drehten. Ehe wir uns versahen, war eine kleine Party zugange.

Wir blieben noch weitere vier Tage, zwischendurch mit Abstechern nach Cannes und Monte Carlo, wo wir mal wieder das Casino besuchten.

Die Idee, abends in Paris Essen zu gehen, wurde prompt in die Tat umgesetzt. Obwohl es gut und gern 850 Kilometer waren, war das für uns kein Problem, da wir uns ja beim Fahren regelmäßig abwechselten.

Wieder zu Hause angekommen, schwärmten wir nur so von diesen wunderschönen, glücklichen Tagen. Ach, könnte es doch nur immer so bleiben! Zunächst sah es jedenfalls so aus, dass kein Bruder und keine Mutter sich in unser Leben einmischten.

AUSGERASTET

*E*inmal die Woche besuchte ich nun einen Sportverein. Auch Minou hatte einmal wöchentlich ihr Kaffeekränzchen – ohne Alkohol. Alles schien zur vollsten Zufriedenheit zu sein.

Aber das nächste Unheil ließ nicht lange auf sich warten. Wie in jedem Sportverein wurde Anfang Dezember eine Weihnachtsfeier veranstaltet. Es ging mit einem gecharterten Schiff auf eine Flussfahrt mit Live-Musik und jeder Menge Getränken. Wir waren an die 50 Gäste, da jedes Mitglied auch seinen Ehepartner mitbringen durfte. Also nahm auch ich meine liebe Frau mit.

Schnell hatte Minou Kontakt zu allen gefunden und es schien, als ob es ein sehr schöner Abend werden könnte. Wir tanzten und lachten viel. Neben frischgezapftem Bier wurden auch diverse Schnäpse ausgeschenkt. Wir saßen in einer Vierer-Gruppe am Tisch und jeder bestellte mal eine Runde. Als ich von einem Toilettengang zurückkam, stand eine Flasche Asbach auf dem Tisch. Ich machte mir deswegen keine Gedanken, den die hätte sich jeder bestellen können. Mir fiel jedoch nicht auf, dass sich nur Minou laufend ein Glas davon einschenkte.

Wie das bei solchen Feiern ist, tanzte man auch mal mit anderen Partnern, so auch meine Frau. Ich dachte mir nichts dabei und forderte wiederum selbst andere Partnerinnen zum Tanz auf. Es war ziemlich warm und durch den vielen Zigarettenrauch herrschte mittlerweile zu später Stunde schon eine furchtbar stickige Luft unter Deck. So kam es, dass ich meine Tanzpartnerin fragte, ob sie mit mir auf das Oberdeck kommen wolle, um etwas frische Luft zu schnappen, ohne jeden Hintergedanken. Nach etwa zehn Minuten kamen wir wieder zurück, um weiter an den Feierlichkeiten teilzunehmen.

Doch sobald wir den Raum betraten, stürzte Minou uns laut schimpfend entgegen. „Du Hure! Du Drecksau! Du bumst meinen Mann hier auf dem Schiff!" Laut schreiend schlug sie dabei auf die überraschte Sportkollegin ein. Nur das beherzte Zugreifen einiger Kameraden konnte Schlimmeres vermeiden. Ich versuchte meine Frau zu beruhigen, was mir aber leider nicht gelang. Stattdessen schlug sie nun auf mich ein und warf mit allen möglichen Gegenständen nach mir, die sie zu fassen bekam. Zwei beherzte Kollegen packten Minou und zerrten sie in eine Ecke, um sie dort zu beruhigen.

Was war geschehen? Wie konnte das passieren? Ich war ratlos. Man tröstete mich damit, dass Minou wohl im Vollrausch war, da sie ja ganz allein die Flasche Asbach ausgetrunken habe. Oh bitte nicht, ging es mir durch den Kopf, nicht schon wieder, warum hab ich denn nicht aufgepasst? Es dauerte doch noch mindestens eine halbe Stunde, bis wir wieder anlegten. Wie konnte ich sie nur beruhigen?

In der Ecke schimpfte Minou, abgeschottet von zwei Kollegen, immer noch. „Komm du mir nach Hause, ich schlag dich tot, du mieses Stück!" Es hatte den Anschein, als könnte sie keiner beruhigen. Um Schlimmeres zu vermeiden, ließ man mich auch nicht zu ihr. Ich bestellte schon mal vom Schiff aus ein Taxi, damit wir sofort nach Hause fahren konnten. Langsam wurde sie ruhiger. Sie versprach auch, auf unserer Heimfahrt keinen Stress mehr zu machen.

Vom Pier bis zum Taxi waren es noch gute 100 Meter, doch die waren sehr, sehr lang. Ich hakte mich bei ihr ein und versuchte sie mit langsamen und ruhigen Schritten zum Wagen zu bringen. Erst merkte sie nicht, dass ich sie im Arm hatte, und so blieb sie ruhig. Doch keine 50 Meter gegangen, bemerkte sie mich. Sie riss sich von mir los und fing sofort wieder an zu schreien. Auch versuchte sie wieder auf mich einzuschlagen, was ihr aber durch ein geschicktes Ausweichmanöver meinerseits nicht gelang.

Der Taxifahrer bekam das jedoch mit und verweigerte die Heimfahrt. Erst ein dazugekommener Sportkollege konnte ihn mit einem zusätzlichen Trinkgeld überzeugen. Wir packten Minou auf den Rücksitz, wo sie sich gleich zur Seite fallen ließ. Da ich auf dem Beifahrersitz saß, hatte ich die Hoffnung, in Ruhe nach Hause zu kommen.

Aber keine fünf Minuten waren vergangen, als Minou wieder zu sich kam. Als sie begriff, dass wir im Taxi saßen, beschimpfte sie zuerst den Fahrer und dann wieder mich. Ich versuchte nicht darauf zu reagieren und bat auch den Fahrer, nicht darauf zu achten. Das jedoch machte sie noch wütender und sie schlug mit ihren Fäusten wie wild auf meinen Hinterkopf. Ich beugte mich deshalb etwas nach vorn, so dass sie mich nicht mehr erreichen konnte. Daraufhin griff sie nach meinem Hemdkragen, um mich näher heranzuziehen. Dabei bekam sie meine dicke Goldkette zu fassen, die sie mir mit großer Wucht vom Hals riss. Für einen Moment schnitt sie mir damit die Luft ab, sonst hätte ich bestimmt vor Schmerz laut aufgeschrien. Wenn die Kette nicht durch die Wucht gerissen wäre, da war ich mir sicher, hätte sie mich damit erdrosselt. Nur noch 500 Meter und wir sind zu Hause, dachte ich.

Doch der Taxifahrer wollte keinen Meter mehr weiterfahren. Ich zahlte und stieg aus, nur schnell die restlichen Meter noch bis ins Haus. Ich ließ sie im Taxi sitzen, sollte sie doch selbst sehen, wie sie nach Hause kam. Eine ganze Weile noch hörte ich ihr lautes Geschrei und wie sie auf die Motorhaube schlug. Mir war alles egal, wollte nur nach Hause ins Bett und abwarten, was der nächste Morgen bringen würde, wenn sie wieder nüchtern wäre.

Nach zehn Minuten kam sie endlich, mit sich selbst beschäftigt, zur Tür herein. Ich hatte mir noch eine Zigarette angezündet und saß erwartungsvoll und ängstlich auf der Couch. Als sie mich erblickte, stürzte sie sich mit geballten Fäusten auf mich. Nun reichte es aber! Noch nie hatte ich eine Frau geschlagen, doch hier blieb mir keine andere Wahl. Ich liebte sie doch, warum also musste das bloß sein? Eine kräftige Ohrfeige müsste reichen, um sie wieder zur Vernunft zu bringen.

Aber das war nur wieder eine vergebliche Hoffnung, das Gegenteil war der Fall. Sie trat mit ihren spitzen Schuhen nach mir und schlug weiter auf mich ein. Dabei verlor sie einen Schuh, der mit lautem Gepolter durch die Wohnung flog. Nun hatte ich wirklich genug!

Die Erinnerung stieg in mir hoch, wie ich in meiner Jugend von meiner Mutter regelmäßig geprügelt, geschlagen und misshandelt wurde. Ich wehrte mich nun, indem ich ihre Schläge abfing und sie mit der flachen Hand voll ins Gesicht schlug. Daraufhin zog sie ihren zweiten Schuh aus und benutzte den Pfennigabsatz als Waffe. Ich wehrte den Schlag mit erhobenem Arm ab, aber konnte nicht ausweichen, und so traf sie mich mit dem Absatz genau am oberen Armgelenk. Ein stechender Schmerz fuhr durch meinen Körper und wie vom Blitz getroffen konnte ich meinen Arm nicht mehr bewegen. Ich schrie und krümmte mich vor Schmerz. Auch meine Tränen konnte ich nun nicht mehr zurückhalten und ich flehte sie an: „Schatz, warum machst du das nur? Du zerstörst doch alles damit!"

Mit großen Augen schaute sie mich an und fing plötzlich auch an zu weinen. Sie nahm mich in die Arme und hauchte nur: „Verzeih mir bitte! Was hab ich nur getan?" Es war, als wollte sie mich nicht mehr loslassen. Wir weinten beide und ich begleitete sie zu Bett. Sie lag nun in meinem Arm und wimmerte, bis sie einschlief. „Verzeih mir, bitte verzeih mir."

Am nächsten Morgen, der Frühstückstisch war liebevoll gedeckt, saß sie mit fragendem Gesichtsausdruck vor mir. „Was hab ich gestern nur angestellt? Wie kann ich das wiedergutmachen?" Es tat ihr wirklich leid, schlimm war nur, dass sie sich an nichts erinnern konnte. Meinen Arm konnte ich immer noch nicht bewegen, ein ziemlich großer Bluterguss hatte sich auf meiner Schulter gebildet. Sie fuhr mit mir zum Arzt, der mich sogleich für eine Woche krankschrieb. Schon am selben Nachmittag entschuldigte sie sich bei dem Taxifahrer und am Abend rief sie einige meiner Vereinsmitglieder an.

Am Nachmittag kam es auch zwischen uns zu einer Aussprache. Ich konnte das alles nicht verstehen, glaubte sie doch wirklich, ich hätte auf dem Schiff eine Affäre angefangen. Es lag alles nur an dem ganzen Alkohol. Ich wollte ihr verzeihen, doch der Schmerz in meinem Arm und der Arbeitsausfall, der mir nun bevorstand, ließ das nicht zu. Aber ich wollte nicht den Beleidigten spielen und so gab ich ihr deutlich zu verstehen: „Wenn du auch nur noch einmal die Hand gegen mich erhebst und versuchst, mich zu schlagen, dann werde ich hier ausziehen und dich für immer verlassen." Es waren harte Worte, aber ich meinte es sehr ernst. Sie lächelte und versprach mir, dass es nie, nie mehr vorkommen würde.

SCHICKSALSSCHLAG

Die folgenden Wochen waren einfach nur harmonisch und schön. Weihnachten stand vor der Tür und wir beschäftigten uns mit Einkäufen und der festlichen Dekoration der Wohnung. Wir planten, wie wir die Tage verbringen und wo wir feiern wollten. Auch über einen Urlaub dachten wir nach – es sollte nun endlich nach Kreta gehen, und das schon in drei, vier Monaten. Wir waren so glücklich und es schien, dass nichts uns trennen könnte.

Am 23. Dezember kam ich mit einem großen Strauß gelber und roter Tulpen, dekorativ gebunden mit Tannengrün, nach Hause. Minou liebte Tulpen und so stellte sie die Blumen auch sofort an einen besonderen Platz.

Am späten Nachmittag, als wir gemütlich vor dem Fernseher saßen, bekam Minou plötzlich Schmerzen im Unterleib. Wir dachten an nichts Schlimmes, vielleicht hatte sie etwas Falsches gegessen. Ihre Schmerzen wurden aber immer heftiger und so fuhren wir noch am Abend zu unserem Hausarzt.

Er rief sofort einen Krankenwagen, der sie mit Blaulicht ins Krankenhaus nach Düsseldorf brachte, was nahelag, da wir an der Stadtgrenze Düsseldorf/Duisburg wohnten. Ich wusste nicht, wie mir geschah, da ich in der Hektik nicht mitfahren durfte. So fuhr ich mit unserem Wagen hinterher, immer das Schlimmste vor Augen.

Erst gegen 23 Uhr kontaktierte mich der Oberarzt und überbrachte mir die freudige Nachricht, dass meine Frau wieder schwanger sei. Aber es seien Komplikationen aufgetreten, und sie müsse die nächsten zwei Monate ruhig liegen bleiben. Mit viel Glück könne sie das Kind behalten. Es war natürlich für mich erst mal ein Schock, doch hatte ich trotzdem Hoffnung, dass sie es schaffen würde. Jeden Tag saß ich mehrere Stunden bei ihr am Bett und sprach ihr gut zu. Wir waren hoffnungsvoll, dass alles gut ausgehen und unser gemeinsamer Kinderwunsch sich endlich erfüllen würde.

Dass zu der Zeit ihr Bruder, der in Düsseldorf wohnte, wieder in unser Leben trat, wusste ich zunächst nicht. Der Oberarzt des Krankenhauses war weitläufig mit ihm befreundet und informierte ihn, dass seine Schwester in anderen Umständen im Krankenhaus lag. Ashkan kontaktierte Minou und bat um Verzeihung für das Geschehene. Minou willigte in ihrer Verzweiflung ein und so konnte ihr Bruder in die weitere medizinische Behandlung eingreifen.

Am Morgen des 5. Januar bekam ich aus dem Krankenhaus den traurigen Anruf, dass Minou unser Kind leider nicht behalten konnte. So holte ich an diesem traurigen Tag meine Frau wieder nach Hause. Die Heimfahrt war äußerst deprimierend, Minou weinte und konnte sich gar nicht beruhigen. Ich musste dann auch erfahren, dass sie nie wieder ein Kind bekommen könnte. Mein Versuch, sie zu trösten, scheiterte kläglich.

Als wir zu Hause ankamen, hatte sie sich endlich etwas beruhigt. Ich nahm sie fest in meine Arme und versprach ihr, dass doch noch alles gut werden würde. Sie nickte mir nur zu und ging ins Badezimmer. Als sie zurück ins Wohnzimmer kam, fiel ihr erster Blick auf die mittlerweile total verwelkten Tulpen, die ich ihr zu Weihnachten mitgebracht hatte. Ich hatte sie noch nicht entsorgt, da ich täglich im Krankenhaus war und nicht daran gedacht hatte. Mit einem schnellen Griff riss sie die Tulpen aus der Vase, die polternd vom Tisch fiel.

„Das hast du für mich über!", schrie sie, wobei sie mit den Blumen und Tannenzweigen wild auf mich einschlug. Wütend warf sie im Wohnzimmer den von mir liebevoll geschmückten Weihnachtsbaum um und zertrat dabei alle Christbaumkugeln. Es gelang mir nicht, sie zu beruhigen, und so verließ ich, den Tränen nahe, unsere Wohnung.

Wie blind lief ich durch die Straßen, ohne darauf zu achten, wohin ich eigentlich lief. Ich konnte es nicht glauben, war ich doch jeden Tag im Krankenhaus gewesen, hatte stundenlang bei ihr am Bett gesessen, und nun das.

Nach Stunden kam ich mit zitternden Knien nach Hause, in der Hoffnung, dass sie sich wieder beruhigt hätte. Sie saß im Wohnzimmer und telefonierte mit Ashkan. Als sie mich sah, legte sie sofort auf und kam auf mich zu.

„Es tut mir so leid", schluchzte sie und nahm mich in den Arm. „Ich bin ja so verzweifelt! Ich hab mir doch so sehr ein Kind gewünscht!" Sie fing wieder an zu weinen. „Und nun werde ich nie mehr eins bekommen." Ich konnte mich nicht zurückhalten und so kamen mir auch die Tränen. „Es kann doch noch alles gut werden", flüsterte ich mit unterdrückter Stimme. „Man kann ein Kind doch auch adoptieren."

„Ja, das sagt Ashkan auch." Sie drehte sich zur Seite und wich meinem Blick aus. „Was?", fragte ich entsetzt. Nun kam ich erst dahinter, dass ihr Bruder sich schon wieder in unsere Angelegenheiten einmischte. In dieser Situation wollte ich keinen weiteren Streit, und so schwieg ich zunächst.

Am nächsten Morgen gestand sie mir, dass Ashkan sie täglich im Krankenhaus besucht hatte, um ihr Trost zu spenden. Er versprach ihr zwar, dass er unsere Wohnung nicht mehr betreten werde, aber telefonisch Kontakt mit seiner Schwester halten wolle, und ich solle das akzeptieren, da er ja keinen Einfluss auf unsere Ehe damit ausübe. Was sollte ich dazu schon sagen, war ich doch froh, dass Minou sich wieder beruhigt hatte. Ich musste es hinnehmen, ob ich nun wollte oder nicht. Vielleicht geht es ja gut, hoffte ich.

Aber das war eine vergebliche Hoffnung. Die nächsten zwei Monate waren eine Katastrophe. Minou wurde zunehmend hysterischer, über jegliche Kleinigkeit streitet sie mit mir. Mal war der Aschenbecher nicht ausgeleert, wenn sie vom Einkauf kam, oder das Geschirr nicht gespült, mal war die Musik zu laut oder nicht durchgelüftet. Es kam fast täglich zu einer Auseinandersetzung. Auch kaufte sie wieder Alkohol, zwar keinen Whisky mehr, aber dafür diverse Liköre mit geringerem Alkoholgehalt.

Mittlerweile hatten wir engeren Kontakt zu unseren Nachbarn aufgebaut. Man traf sich zwei- bis dreimal in der Woche zum gemeinsamen Kartenspiel, immer mit reichlich Alkohol. Oft musste ich Minou untergehakt nach Hause bringen. Nicht dass sie bösartig auf mich reagierte, nein, im Gegenteil, ich war immer ihr „Schatz, Liebling" oder, wie sie mich früher immer genannt hatte, ihr „Schan". Ich packte sie dann ins Bett und es war Ruhe. Oft ging ich dann allein noch mal zu unseren Freunden hoch, die eine Etage über uns wohnten, und trank und diskutierte noch weiter mit ihnen. Wir hatten ohnehin nur noch ein Thema: Minou und unsere Ehe. Oft riet man mir, Minou zu einem Psychiater zu bringen oder mich ganz von ihr zu trennen. Schließlich bekamen sie ja mit, wie ich langsam daran verzweifelte.

So war es auch absehbar, dass Minou wieder handgreiflich gegen mich vorging. Dabei war eigentlich nichts Schlimmes geschehen. Wir saßen wieder zu viert beim gemeinsamen Kartenspiel und ich rügte Minou, dass sie die falsche Karte ausspielte. Daraufhin stand sie schweigend auf, schmiss mir ihre Karten entgegen und ging nach unten in unsere Wohnung. Als ich zwei Stunden später nach Hause kam, wurde ich schon mit lautem Geschrei empfangen. Sie schüttete mir einen Likör ins Gesicht, und bevor ich mich versah, schlug sie auf mich ein.

Nun reichte es mir endgültig. Am nächsten Morgen erklärte ich ihr, dass ich mir eine neue Wohnung suchen und erst zurückkommen würde, wenn sie für immer die Finger vom Alkohol ließ. Natürlich glaubte sie mir nicht und reagierte nur mit einem höhnischen Lachen, da sie glaubte, ich sei schon zu eingeschüchtert, um meine Drohung in die Tat umzusetzen. Zur Bekräftigung meiner festen Absicht markierte ich in unserer Tageszeitung in den nächsten Tagen frei werdende Apartments und kleinere Wohnungen und ließ die Zeitung dann wie zufällig in irgendeiner Ecke liegen, wo sie sie sehen musste. Doch statt sich Gedanken darüber zu machen, ob ich es ernst meinte, lächelte sie nur oder machte sich bei unseren Freunden darüber lustig, dass ich ausziehen wolle und auf Wohnungssuche sei.

So vergingen die nächsten Wochen, in denen aber nicht nur Streit an der Tagesordnung war, sondern wir auch schöne, friedvolle Tage erlebten. Mit unserem Sexualleben war es allerdings vorbei, seitdem ich sie ins Krankenhaus gebracht hatte. Ich konnte doch nichts dafür, dass wir wieder mal ein Kind verloren hatten, und so versuchte ich sie zwar zu verstehen, aber ich war ebenfalls tieftraurig, weil wir uns doch so sehr ein Kind gewünscht hatten.

Minou telefonierte seitdem auch immer öfter mit Ashkan, anfangs noch heimlich, doch mit der Zeit auch in meiner Gegenwart. Ich wollte es ihr nicht verbieten, aber für mich gab es ihren Bruder nicht mehr.

NUR EIN TECHTELMECHTEL

Mittlerweile war ich längst der Spielsucht verfallen. Jede freie Minute während meiner Arbeitszeit suchte ich ein Automatencasino auf. Mit der Zeit kannte ich jeden Automaten und glaubte ihn zu beherrschen. Es gab keine Stadt im Umkreis von 300 Kilometern, in der ich nicht wusste, wo es eine Spielmöglichkeit war. Da ich gut verdiente und reichlich Spesen bekam, fiel es mir nicht schwer, mein Spielgeld von der Haushaltskasse zu unterschlagen. So verspielte ich im Monat mal schnell bis zu 1500 DM.

Ich machte mir die Automaten zu eigen, indem ich mit ihnen sprach. Bei einem Gewinn lobte ich sie und bei einem Verlust beschimpfte ich sie, ich streichelte sie und schlug auf sie ein. Hatte ich mal das Glück, das Casino mit einem höheren Gewinn zu verlassen, so versteckte ich das Geld im Auto unterm Sitz, damit ich am nächsten Tag wieder Spielgeld hatte. Ein Gefühl für Geld hatte ich schon lange verloren. Zufrieden war ich eigentlich erst, wenn ich nichts mehr hatte. Diese Spielsucht war für mich eine innere Befriedigung, da ich mit dem Geschehenen nicht mehr zurechtkam. Leider brauchte ich weitere fünf Jahre, um von dieser Selbstzerstörung wieder wegzukommen. Das, was mir zu Hause fehlte, suchte ich in den Automaten.

Im Februar 1981, zur Karnevalszeit, fragte ein mit uns befreundeter Hotelier, ob ich ihm vielleicht bei einer Veranstaltung helfen könnte. Gern willigte ich ein. So fuhr ich dann in der Weiberfastnacht, leicht kostümiert mit einem blau-weiß gestreiften T-Shirt, einer Seemannskappe und reichlich Papierschlangen um den Hals, nach Viersen, um mich mit vollem Elan in die Veranstaltung zu stürzen. Meine Aufgabe war, die etwa 100 Gäste zu bewirten. Als Hilfe hatte ich eine noch ganz junge, attraktive Kellnerin zur Seite. Es lief alles prima, die Stimmung war hervorragend, die Gäste tanzten und schunkelten laut singend den ganzen Abend bis in den frühen Morgen.

Eigentlich hatte ich vor, direkt nach der Veranstaltung wieder nach Hause zu fahren. Doch unser Freund hatte für mich im Hotel bereits ein Zimmer herrichten lassen. Da ich hin und wieder von den Gästen ein Getränk ausgegeben bekam, war mir das schon recht, die Nacht dort zu bleiben. Gegen vier Uhr morgens hatten wir es endlich geschafft. Der letzte Gast war gegangen, und da unser Freund mit der Veranstaltung sehr zufrieden war, gab es noch einen Absacker an der Sektbar. Wir waren alle guter Laune, mag es an der Stimmungsmusik gelegen haben, die den ganzen Abend lief, oder auch an den diversen Getränken im Laufe der Nacht. Er öffnete noch zwei Flaschen Champagner, die wir mit Genuss auf den Erfolg tranken. Wir scherzten und lachten, und mir wurde nun auch die Kellnerin näher vorgestellt.

„Das ist Lisa, sie ist hier in einem Kinderheim aufgewachsen, da man sie aus ihrem Elternhaus geholt hat." Das machte mich natürlich neugierig und so vertiefte ich mich ins Gespräch mit ihr. Gegen fünf Uhr beendete mein Freund dann den Abend und wünschte uns eine gute Nacht. Gut gelaunt und in bester Stimmung gingen wir auf unsere Zimmer. Ich verabschiedete mich von Lisa, wünschte ihr eine gute Nacht und erwähnte beiläufig, dass ich mein Zimmer diese Nacht nicht abschließen würde. Ich musste wohl ziemlich schnell eingeschlafen sein, bin mir aber bis heute nicht sicher, ob ich noch Besuch von Lisa bekam.

Am Morgen beim gemeinsamen Frühstück lachten wir noch über den letzten Abend, doch konnte ich mich nicht mehr erinnern, was in der Nacht auf meinem Zimmer passiert war. Wir verabschiedeten uns, Lisa gab mir noch ihre Telefonnummer, falls ich mal wieder in ihrer Nähe wäre und Lust auf einen Kaffee hätte. Keiner ahnte, dass sich das schon am selben Tag ergeben würde.

Als ich zu Hause die Tür öffnete, einen großen Strauß Rosen in der Hand, mir keiner Schuld bewusst, stürzte Minou mir laut schreiend entgegen. „Du Schwein, hast die ganze Nacht nur mit anderen Frauen rumgefickt! Die Rosen kannst du dir sonst wohin stecken, aber nicht in meiner Wohnung!" Dabei riss sie mir die Rosen aus der Hand, öffnete das Fenster und warf sie raus.

Ich war fassungslos, hatte ich doch bei einem unserer Freunde gearbeitet und war sie doch damit einverstanden gewesen und hatte ich doch auch noch 200 hart verdiente DM mitgebracht. Ich hatte nur noch einen Gedanken: „Ich muss hier raus, eine eigene Wohnung suchen, nur weg hier!"

Wütend verließ ich die Wohnung, setzte mich ins Auto und fuhr ziellos durch die Gegend. Da fiel mir die Telefonnummer von Lisa ein. Aber was sollte das, sie ist doch erst 20 und ich schon 33, wie sollte sie mich da verstehen? Ich musste aber einfach nur mit jemandem reden, einfach nur meinen Frust wegreden. Also fasste ich meinen ganzen Mut zusammen und rief sie an. Wir verabredeten uns in Viersen in einer Cafeteria.

Als wir uns sahen, mussten wir beide lachen, „Na, das hat ja nicht lange gedauert", scherzten wir und redeten mehr über belanglose Sachen als darüber, was ich eigentlich sagen wollte.

Als ich sie nach der letzten Nacht fragte, an die ich mich leider nicht mehr erinnern konnte, lächelte sie nur: „Denk, was du meinst." Nun, damit musste ich wohl leben. Hatte ich denn tatsächlich mit einer noch fast Minderjährigen geschlafen? Ich wusste es wirklich nicht und es war mir auch egal, hatte ich doch zu Hause schon genug Stress, da musste ich mir hier nicht auch noch Gedanken machen. Meinen Arbeitstag hatte ich bereits abgeschrieben und so nahm ich das Angebot von Lisa an, noch etwas mit ihr spazieren zu gehen. Sie wollte mir das Heim zeigen, wo sie aufgewachsen war, und ihre neue kleine Wohnung, die sie nun schon seit zwei Monaten hatte. Doch da sie gerade erst von der Arbeit kam, müsste sie erst nach Hause und sich umziehen. Ich willigte ein und so fuhren wir zu ihrer Wohnung.

Mittlerweile hatte ich schon so viel Vertrauen zu ihr, dass ich ihr von meiner Ehe erzählte. Sie hörte gespannt zu und versuchte mich zu trösten. Als wir bei ihr ankamen, machte sie uns erst mal einen Kaffee. Wir saßen eine Zeitlang in der Küche, die mitten in ihrer Wohnung lag, rechts ging es ins Schlafzimmer und links ins Bad.

„Sei mir nicht böse", sagte sie, „aber bevor es weitergeht, möchte ich doch erst mal duschen, wenn du nichts dagegen hast." Was sollte ich dagegen haben, Duschen ist doch ganz normal nach der Arbeit, also dachte ich mir nichts dabei. Sie legte im Schlafzimmer noch schnell eine Langspielplatte von Nana Mouskouri auf und verschwand ins Bad. Nach zehn Minuten ging die Tür wieder auf und Lisa kam nur mit einem dürftig zugehaltenen Bademantel bedeckt heraus. Sie setzte sich mir gegenüber und schlürfte verlegen an ihrer Kaffeetasse. Dabei fiel ihr Bademantel etwas zur Seite, so dass ich ihren jungen aufreizenden Körper sehen konnte. Ich musste mich beherrschen, was mir sehr schwer fiel, denn ihr Anblick machte mich natürlich an und am liebsten wäre ich sofort mit ihr ins Bett gesprungen. Wir lachten und scherzten weiter, wobei sie immer wieder vergebens versuchte, ihre Scham zu verdecken.

Als der Plattenspieler seine Pflicht getan und die Langspielplatte abgedudelt hatte, sagte Lisa mit verschmitztem Lächeln: „Ich geh mir dann mal was anziehen." Sie stand auf, strich mir dabei noch kurz übers Haar und verschwand im Schlafzimmer. Die Tür schloss sie jedoch nicht und so konnte ich hören, wie sie in ihren Schallplatten wühlte. Plötzlich erklang das Lied „Ein Bett im Kornfeld", was ich wohl als Aufforderung verstehen sollte, aber ich trank weiter meinen Kaffee und wartete erst mal ab. Als das Lied vorbei war und aus dem Schlafzimmer nichts mehr zu hören war, stand ich auf, um einen Blick zu riskieren, schließlich müsste sie schon längst angezogen sein.

Lisa lag wie eine Venus mit einem gestreckten und einem angewinkelten Bein auf ihrem Bett, den Bademantel weit offen. „Wo bleibst du denn?", fragte sie mit einem Lächeln auf den Lippen. Nun konnte ich nicht mehr widerstehen, im Nu hatte ich mir die Kleider vom Leib gerissen und trug nur noch meinen großen Siegelring, der mit einem teuren seltenen Stein bestückt war. Mit einem Satz war ich bei ihr im Bett. Sie lachte:

„Leg doch deinen Ring ab! So halb ausgezogen siehst du nicht aus." Also legte ich meinen Ring auf den Nachtschrank. Nach zwei Monaten erzwungener Enthaltsamkeit kostete ich die nächsten beiden Stunden voll aus.

Als wir uns schließlich erschöpft wieder auf den Weg machten, da sie mir doch noch das Heim zeigen wollte, in dem sie aufgewachsen war, glaubte ich an alles gedacht zu haben, durfte ich doch zu Hause nicht auffallen durch Parfüm oder fremden Körpergeruch. Dummerweise vergaß ich jedoch meinen wertvollen Ring.

Wieder zu Hause angekommen herrschte totale Funkstille, jeder ging dem anderen aus dem Weg. Meine Gedanken drehten sich im Kreis: Wie komme ich hier raus, was nehme ich mit, wie finanziere ich mein neues Heim, und was kommt dann? Sicher war nur, dass ich meine gerade neu erworbene Stereoanlage und alle meine Schallplatten, fast 200 Stück, mitnehmen wollte. Ich hing an dieser Anlage, war sie doch gerade erst auf der Funkausstellung in Berlin auf den Markt gekommen. Das Einmalige daran war, dass man den Plattenspieler senkrecht an die Wand hängen und sich durch Antippen auf einem Display die einzelnen Musikstücke aussuchen konnte. Er war mein ganzer Stolz.

In meinen Gedanken plante ich, wie ich die Sachen heimlich aus der Wohnung schaffte. Doch erst mal musste ich eine Wohnung finden. Nie hätte ich gedacht, dass ich alles schon bald in die Tat umsetzen würde.

Am nächsten Tag fuhr ich wieder nach Viersen, hatte ich doch gestern meinen ganzen Stress zu Hause hier vergessen können. Auch hatte ich Lust auf weiteren Sex mit Lisa. Dass sie erst 20 war, interessierte mich im Moment nicht mehr. Auch wollte ich meinen Ring holen, der nicht nur einen hohen materiellen, sondern auch einen ideellen Wert für mich hatte. Aber leider war er nicht mehr auffindbar. Wir durchsuchten das ganze Schlafzimmer, jedoch ohne Erfolg, mein Ring blieb für immer verschwunden.

Ich erzählte Lisa von meinem Plan, dass ich mir eine Wohnung suchen und so schnell wie möglich zu Hause ausziehen möchte. Sie bot mir an, dass, wenn der Stress zu Hause so weiterginge und ich so schnell keine neue Unterkunft fände, ich doch zu ihr nach Viersen kommen könnte. Das erschien mir jedoch unmöglich, da zum einen ihre Wohnung zu klein war und ich zum anderen keine Lust hatte, mit einer Zwanzigjährigen zusammenzuziehen.

Als ich abends nach Hause kam, saß Minou vor einer Flasche Whisky im Wohnzimmer und war schon so betrunken, dass sie keine klaren Worte mehr fassen konnte. Sie beschimpfte mich wieder und schenkte sich weiteren Whisky ein. Ich wusste, dass ich diese Gelegenheit nutzen musste. Heimlich stellte ich meine Stereoanlage schon griffbereit in eine Ecke. Im Schlafzimmer sortierte ich meine Wäsche, alles was ich in der ersten Zeit so brauchen würde. Dann wartete ich nur noch ab, bis Minou so viel getrunken hatte, bis sie im Vollrausch auf der Couch einschlief.

Ich brauchte keine halbe Stunde, um all meine Sachen ins Auto zu schaffen. Meine Anlage, meine Schallplatten sowie zwei Koffer voll Wäsche waren schnell verpackt. Gegen 23 Uhr rief ich dann Lisa an, um ihr noch eine Überraschung anzukündigen. Sie konnte es kaum glauben, als ich mitten in der Nacht mit meinen Sachen vor ihrer Tür stand. Obwohl ich durch den ganzen Stress sichtlich geschafft war, verbrachten wir die halbe Nacht mit Musikhören.

Mir war klar, dass das keine Lösung war, doch hatte ich den ersten Sprung gewagt. Nun musste ich mir wirklich sofort eine Wohnung suchen. Am nächsten Morgen studierte ich sämtliche Inserate, die ich bekommen konnte. Bei meinem Arbeitgeber hatte ich erst mal eine Woche Urlaub eingereicht, um genügend Zeit für die Suche zu haben. Doch musste ich feststellen, dass es nicht so leicht war, wie ich mir gedacht hatte. Mittlerweile wohnte ich nun schon vier Tage bei Lisa, ohne mich zu Hause zu melden. Lisa war glücklich darüber, hatte sie doch nun täglich einen Mann an ihrer Seite, der mit ihr essen ging und nachts an ihrer Seite schlief.

Aber ich musste und wollte auch wissen, wie sich Minou nun verhielt und was sie anstellte. Also rief ich meinen Nachbarn an, um nachzufragen, wie Minou reagiert hatte. Er erzählte mir, dass sie mich schon von der Polizei suchen ließ, dass sie überall anrief, bei all unseren Freunden nachfragte und sie den ganzen Tag nur am Weinen sei. Sie bereute alles und würde alles dafür tun, wenn ich nur wieder nach Hause käme.

Ohne mein Wissen jedoch schickte er, während wir telefonierten, seine Frau herunter zu Minou, um sie zu holen. Ich hörte, wie sie zur Tür hereinstürzte. Sie riss den Hörer an sich und flehte mich an: „Schatz, bitte komm nach Hause, bitte, bitte! Es wird alles wieder gut, ich hab den ganzen Alkohol weggeschüttet. Ich mach eine Therapie, wenn du möchtest. Nur bitte, bitte komm nach Hause! Egal wo du jetzt bist, es wird keinen Ärger geben, nur komm bitte nach Hause." Dabei weinte sie so sehr, dass es mir im Herzen leid tat. Sollte sie es wirklich ernst meinen? Hatte mein Auszug sie wirklich umgestimmt?

Mit meinem Gewissen kämpfend fuhr ich zu Lisas Wohnung, packte all meine Sachen wieder ins Auto und wartete, bis Lisa von der Arbeit kam. Es war ein Schock für sie, als ich ihr mitteilte, dass ich wieder nach Hause zurückkehrte, hatte sie sich doch schon weit mehr von unserer Beziehung erhofft. Sie weinte, weil sie das alles nicht verstehen konnte.

Gleichzeitig schilderte sie mir ihre Notlage, dass sie im Moment kein Geld mehr hätte und auch von der Bank nichts mehr bekäme, da ihr Konto schon um 2000 DM überzogen war. Irgendwie hatte ich nun doch Schuldgefühle, hatte Lisa mir doch in den letzten Tagen sehr geholfen. Also fuhr ich mit ihr zur Bank und glich ihr Konto aus. Ich bedankte mich nochmals für ihre Hilfe und musste ihr leider zu verstehen geben, dass wir uns nie wiedersehen würden. Sie akzeptierte es, wünschte mir noch viel Glück mit meiner Frau und so trennten wir uns.

DAS FIASKO BEGINNT

Mit offenen Armen empfing mich Minou in der Tür. Gemeinsam holten wir meine Sachen wieder rein und räumten alles wieder in den Kleiderschrank. Meine Musikanlage und die Schallplatten stellten wir erst einmal zur Seite, da es schon spät am Abend war. Minou wollte mich nur noch in den Armen halten. „Bitte verlass mich nie wieder, ich liebe dich doch, ohne dich will ich nicht mehr leben." Ihre Worte waren ernst gemeint, ich fühlte es, denn so hatte Minou noch nie ausgesehen. Es schien, als ob sie mehrere Pfund abgenommen hätte, ihre Augen waren gerötet vom Weinen und ihre Backenknochen traten deutlich hervor, in den letzten vier Tagen musste sie viel durchgemacht haben.

Eigentlich fühlte ich keine Reue, hatte doch mein Auszug etwas Gutes bewirkt, andererseits jedoch tat sie mir schon leid.

Drei Tage herrschte nun Frieden, es gab wieder Kosenamen, geküsst wurde bei jeder Gelegenheit und selbst unser so vermisstes Sexleben wurde wieder aufgenommen, hatten wir uns doch nun schon seit über zwei Monaten nicht mehr berührt. Ich glaubte nun wieder im siebten Himmel zu sein, alles war perfekt, keiner sprach mehr von meinem Auszug.

Am Nachmittag, es war schönes Wetter, sahen wir, dass unsere befreundeten Nachbarn im Garten saßen. Als sie uns auf unserem Balkon sahen, winkten sie uns zu sich herunter, um mit ihnen einen Kaffee zu trinken. Ich schämte mich zwar, doch ließen wir uns dazu überreden. Natürlich wollte man wissen, wo ich denn die vier Tage gewesen wäre. Ich schwieg jedoch darüber, da es womöglich wieder nur Stress bedeutet hätte. Man zeigte hierfür auch Verständnis und so blieb es erst mal dabei. Wir scherzten und lachten viel und die Zeit ging schnell vorüber. In den Abendstunden, wir saßen immer noch im Garten, tranken wir Männer unsere ersten Biere. Irgendwann verschwanden die Frauen für einen Moment, um sich etwas anzusehen. Mein Freund bohrte nun, wo ich denn nun abgeblieben wäre. Er versprach mir hoch und heilig, es niemandem zu sagen, auch seiner Frau nicht. Ich musste so blind gewesen sein, denn ich hatte ihm wirklich vertraut. So erzählte ich ihm meine kurze Geschichte, die ich in den letzten vier Tagen erlebt hatte. Je mehr Bier wir tranken, desto interessanter wurde meine Geschichte, und ich merkte, wie ihn der pure Neid packte.

Erst spät am Abend verabschiedeten wir uns, gut gelaunt und guter Dinge, und Minou und ich verbrachten noch eine wunderbare Nacht zusammen.

Am folgenden Mittag, als sie mein Lieblingsessen kochte, stellte Minou fest, dass ihr eine Zutat ausgegangen war. Da sie nicht unbedingt zum nächsten Händler wollte, entschloss sie sich, schnell zu unseren Nachbarn zu gehen. Aber sie blieb fast eine Stunde dort, jedoch machte ich mir keine Gedanken deswegen. Ich machte es mir auf dem Balkon gemütlich, schenkte mir ein Glas Bier ein, stellte mir die Stühle so zurecht, dass ich meine Füße hochlegen konnte, und freute mich schon auf den Nachmittag, da wir spazieren gehen wollten.

Plötzlich kam Minou auf den Balkon gestürzt. Laut schreiend riss sie mich vom Stuhl, schüttete mir das Bier ins Gesicht und beschimpfte mich aufs Fürchterlichste. „Du Drecksau, Betrüger, Hurensohn! Verschwinde aus meinem Leben!" Dabei schlug sie wieder wie wild auf mich ein. Ich konnte es nicht fassen, was war denn nun wieder geschehen, war doch noch vor einer Stunde alles in Ordnung. „Ich habe alles erfahren", schrie sie und riss dabei den Topf vom Herd. „Die ganze Zeit hast du mich belogen und betrogen! Ich will dich nicht mehr sehen!"

Ich wollte sie beruhigen, ich fühlte mich unschuldig, gern wollte ich es ihr auch erklären, wenn sie mir nur zuhören würde. Das schien jedoch im Moment unmöglich, Minou hatte die Beherrschung komplett verloren und ich bekam Angst vor ihr.

Es gab für mich nur noch eine Möglichkeit, so dachte ich jedenfalls. Wenn einer sie beruhigen konnte, so vielleicht ihr Bruder. Also griff ich meinen Autoschlüssel und fuhr zu ihm, in der Hoffnung, dass er mit Minou sprach, damit wieder Ruhe einkehrte. Ich zitterte am ganzen Körper, als ich bei Ashkan ein-traf, schließlich hatten wir seit fast einem Jahr keinen Kontakt mehr. Als er mich sah, stutzte er vor Überraschung. „Du? Was hat dich denn hierher befohlen? Ist wieder was mit meiner Schwester?"

Ich bat um Einlass und wir setzten uns in eine Ecke am Kamin, wo ich ihm alles schilderte, weshalb und wie alles geschehen war, in der Hoffnung auf Verständnis. Er gab mir auch recht und meinte sogar, dass er genauso gehandelt hätte wie ich und dass alles wieder in Ordnung käme. Er werde gleich seine Schwester anrufen und sie beruhigen, bevor sie unsere Woh-nung in Stücke zerlegte.

Zum ersten Mal hatte ich das Gefühl, dass mein Schwager doch gar nicht so ein übler Kerl war, immerhin wollte er mir dabei helfen, meine Ehe noch zu retten. Voller Zuversicht, dass er mit seiner Schwester telefonierte, um ihr gut zuzureden, fuhr ich nach Hause. Es konnte doch nicht sein, dass ein Miss-verständnis schon wieder Streit heraufbeschwor. Ich war mir bewusst, dass unsere Nachbarin heute Morgen mit Minou gesprochen und vielleicht alles viel schlimmer erzählt hatte, als es gewesen war. Vielleicht aber klärte sich noch alles auf und ich konnte ganz in Ruhe mit ihr über alles reden, Minou muss-te nur erst mal von Ashkan beruhigt werden.

Oh Gott, was war denn hier los? Als ich das Treppenhaus hochkam, hörte ich Minou schon schreien. Unsere Wohnungs-tür stand sperrangelweit offen und im Hausflur lagen all meine Kleidungsstücke. Ich stürzte in unsere Wohnung, um Minou unter allen Umständen zu beruhigen, aber sie war dabei, mei-ne Wäsche aus der Waschmaschine und dem Wäschekorb zu zerren, um sie auch in den Hausflur zu werfen. Ich flehte sie an, sie solle doch zur Vernunft kommen, das könne doch nur ein Missverständnis sein, sie solle doch bitte erst mal ihren Bruder anrufen, er werde ihr schon einen Rat geben.

„Meinen Bruder?", kreischte sie. „Mit dem habe ich gerade geredet. Er sagt, ich soll dich endlich rausschmeißen, du wirst immer wieder mit anderen Frauen und mit Kindern ins Bett gehen!" Ich war fassungslos, hatte Ashkan mir doch noch vor 20 Minuten versprochen, Minou zu beruhigen, und nun das. Im Moment sah ich keinen Ausweg mehr, diesen Rausschmiss musste ich akzeptieren. Meine komplette Bekleidung lag ja schon im Hausflur, nun wollte ich jedenfalls noch meine teure Anlage mitnehmen. Als Minou das bemerkte, schubste sie mich zur Seite, so dass ich das Gleichgewicht verlor, riss das Fenster auf, griff sich die Anlage und wollte sie zur Straße hinauswerfen.

Da brüllte ich sie an: „Wehe, ich bring dich um, jetzt und sofort!" Erschrocken zuckte sie zusammen, stellte die Anlage ab und fing furchtbar an zu weinen. „Verschwinde einfach, geh zu deiner Hure zurück", schluchzte sie. „Du hörst von meinem Anwalt, dann kannst du dir deine Anlage abholen." „Minou, bitte", flehte ich sie verzweifelt an. „Was soll das? Lass uns doch reden, bevor alles kaputt ist." Aber ich drang nicht zu ihr durch. „Raus, raus hier! Mein Anwalt meldet sich bei dir."

Ich merkte, dass im Moment nichts mehr zu retten war, und so ging ich, um meine Sachen einzusammeln, die im Treppenhaus von der ersten Etage bis zum Erdgeschoss verteilt waren. Jemand musste hier mit den Füßen nachgeholfen haben, denn es war ein völliges Durcheinander. Als ich in der zweiten Etage eine Tür hörte, war mir alles klar. Unsere angeblichen Freunde! Wütend rief ich nach oben: „Siehst du, was du angerichtet hast?" Von oben kam nur ein „Kinderficker!", dann wurde die Tür zugeschlagen.

Mühselig und unter Tränen packte ich meine Sachen zusammen und belud damit mein Auto. Fast war ich fertig, als ein Monteur vom Schlüsseldienst kam. „Der Bruder Ihrer Frau schickt mich, ich soll hier im Haus ein Türschloss auswechseln." Das ging ja schneller, als ich gedacht hätte.

Oh Gott, wie dumm musste ich nur sein, um beim neidischen Nachbarn und beim eifersüchtigen Schwager auf Vertrauen zu hoffen! Unsere Freunde, die stets all unseren Kummer mitbekommen und mir sogar den Ratschlag gegeben hatten, mal für ein paar Tage auszuziehen – und nun dieser schamlose Verrat. Mein Schwager, der regelmäßig mit seinen Patientinnen schlief und mit dem ich unwissentlich die Abrechnungen für die Krankenkassen gefälscht hatte, damit er mehr Geld bekam – all das war vergessen. Hauptsache, Minou schmiss mich raus! Ich war ganz verbittert, aber hatte noch Hoffnung, dass sich Minou wieder beruhigte.

Erst mal fuhr ich zur Bank, ließ mein Konto sperren und holte mir dann mehrere Zeitungen, da ich nun wirklich eine neue Unterkunft brauchte. Wo sollte ich denn jetzt nur hin? Im Moment blieb mir nur Lisa.

VOM REGEN IN DIE TRAUFE

Als ich wieder vor ihrer Tür stand, konnte Lisa es kaum glauben. Freudig nahm sie mich wieder auf. Nachdem ich ihr von dem Geschehenen berichtet hatte, machte ich ihr klar, dass ich auf keinen Fall bei ihr blieb. Sobald ich eine Unterkunft gefunden hätte, würde ich wieder gehen. Auch wollte ich keinen sexuellen Kontakt mehr mit ihr haben, da mir weiß Gott nicht danach war.

Nach zwei Tagen bekam ich Post vom Rechtsanwalt, Minou hatte die Scheidung eingereicht. Nun wusste ich, dass es wirklich das Ende war, es gab also kein Zurück mehr. Sie hatte sich den besten Anwalt von Duisburg genommen. Dass er das wirklich war, sollte ich bald spüren.

Auch ich besorgte mir einen Anwalt, aber da ich keine Ahnung hatte, tippte ich im Telefonbuch auf irgendeinen Namen und machte mit ihm einen Termin.

Nach nicht einmal einer Woche fand ich in Duisburg ein schickes kleines möbliertes Appartement. Es war liebevoll mit Ikea-Möbeln eingerichtet, was im Moment für mich ausreichend war. Lisa begleitete mich zur ersten Besichtigung und war ebenfalls auf Anhieb begeistert. Ich packte all meine mir verbliebenen Sachen ein und zog in mein neues Heim. Lisa bat mich, sie doch mitzunehmen, da sie sich auch in Duisburg eine neue Wohnung suchen wollte. Auch nach Arbeit wollte sie sich umsehen. Übergangsweise wollte sie bei mir wohnen. Da auch sie mir geholfen hatte, konnte ich ihre Bitte nicht abweisen. Also nahm ich sie mit, in der Hoffnung, dass diese Situation nur für kurze Zeit wäre.

Leider stellte sich schon bald das Gegenteil heraus. Statt sich um eine Wohnung zu kümmern, geschweige denn sich um Arbeit zu bemühen, saß sie jeden Morgen in unserem Stammlokal, um dort mit den Gästen zu knobeln. Kam ich am Abend von der Arbeit nach Hause, so war in meiner kleinen Behausung nichts aufgeräumt. Das Geschirr vom Vortag stand immer noch so da, wie wir es verlassen hatten. Sie lag, wenn sie zu Hause war, noch im Bett und hörte Musik oder schaute Fernsehen. Fragte ich, ob sie sich um eine Wohnung bemüht hatte oder ob beruflich etwas in Aussicht war, so bekam ich nur zu hören: „Morgen kümmere ich mich darum." Hatte ich nicht schon genug Probleme, musste ich mir das auch noch antun?

Vier Wochen lang schaute ich mir das an, dann entschied ich mich, sie wieder nach Viersen zurückzubringen. Als ich abends von der Arbeit nach Hause kam, fand ich Lisa leicht angetrunken wieder im Bett vor. Um Wohnung und Arbeit hatte sie sich immer noch nicht gekümmert. Nun reichte es, ich packte ihre Sachen zusammen und fuhr sie sofort wieder zurück nach Viersen.

Erleichtert, nun endlich meinen erwünschten Frieden zu finden, ging ich am nächsten Tag zur Arbeit. Es war ein beruhigender Tag, alles klappe, was ich anfasste. Die Arbeit machte mir richtig Spaß an diesem Tag, und so beschloss ich, abends mit meinen Freunden auf meine neue Freiheit gemütlich einen zu heben. Doch als ich zu Hause ankam, traute ich meinen Augen nicht, lagen doch auf meinem Balkon wieder alle Sachen von Lisa. Nur von ihr war weit und breit nichts zu sehen. Es blieb demnach nur eine Möglichkeit: unser Stammlokal.

Als sie mich kommen sah, versteckte sie sich voller Angst auf der Toilette. Der Wirt sowie mehrere Gäste nahmen mich in

Empfang, um mich zu beruhigen. Ich könne sie doch nicht einfach rausschmeißen, hieß es, wo sie doch auch eine Arbeit gefunden hätte. „Eine Arbeit?", fragte ich voller Überraschung. „Wo denn und ab wann?" Der Wirt nahm mich zur Seite: „Ich brauche sie hier als Kellnerin, dreimal die Woche abends für vier Stunden auf der Kegelbahn."

Ich wollte ihr die Chance nicht nehmen, war es doch auch für sie ein neuer Anfang und vielleicht fand sie auch bald eine neue Unterkunft. Also holte ich sie von der Toilette und nahm sie wieder mit zu mir nach Hause. Sie war sehr glücklich darüber und versprach mir, sich am folgenden Tag sofort um eine weitere Arbeit sowie um eine Wohnung zu kümmern.

Als ich jedoch abends von der Arbeit nach Hause kam, fand ich sie wimmernd unter der Bettdecke hockend vor, bei lauter Musik von Nana Mouskouri wippte sie hin und her.

„Bitte wirf mich nicht wieder raus", flehte sie. „Ich hab heute nichts gefunden und das Arbeitsamt hatte auch nichts."

Nun, ich musste ihr glauben, hatte sie jedenfalls schon mal den Mut gehabt und das Amt aufgesucht. Vielleicht gab es ja wirklich zurzeit auf dem Arbeitsmarkt nicht das Rechte für eine Zwanzigjährige, die gern in der Gastronomie kellnern wollte.

Da ich beruflich im Außendienst tätig war, hatte ich natürlich auch viele Kontakte zu einigen großen Cafés in Duisburg. So kam es, dass das Stadtcafé, eines der größten von Duisburg, ihr die Chance gab, sich dort zu bewähren. Das vereinbarte Gehalt stimmte und das Trinkgeld war wohl auch entsprechend. Lisas Freude war groß, als ich mit der Neuigkeit nach Hause kam. Schon am nächsten Morgen konnte sie anfangen.

Sie träumte von dem großen Verdienst, weil sie ja auch noch auf der Kegelbahn dazuverdiente, da würde sie sicherlich bald eine kleine Wohnung finden. Ich willigte ein und gewährte ihr ein Bleiberecht, bis sie eine eigene Unterkunft hätte.

Drei Tage vergingen, als ich zu einem Verkaufsgespräch ins Stadtcafé musste. Es wunderte mich, dass ich Lisa dort nicht sah, eigentlich müsste sie doch hier kellnern. Ich kontaktierte den Geschäftsführer und musste erfahren, dass Lisa schon nach den ersten drei Stunden fristlos gekündigt worden war, angeblich hätte sie in die Kasse gegriffen.

Wütend fuhr ich nach Hause, Lisa war jedoch nicht da, also packte ich wieder mal ihre Sachen, fuhr zu unserem Stammlokal, wo ich sie auch antraf, packte sie ins Auto und fuhr sie ohne Kommentar sofort nach Viersen zurück.

Den Abend verbrachte ich dann mit meinen Freunden an der Theke, um den ganzen Ärger runterzuspülen. Es war schon spät in der Nacht, als ich den Heimweg antrat.

Zu Hause angekommen, glaubte ich nicht, was ich da sah. Lisa saß schon wieder mit ihren Sachen vor der Tür, weinte bitterlich und entschuldigte sich für das Geschehene. Sie beteuerte, dass sie nicht in die Kasse gegriffen hätte, aber der Geschäftsführer habe sie angegrabscht und da sie sich dagegen gewehrt habe, sei ihr gekündigt geworden. Ich musste ihr wohl oder übel glauben, ich hatte eh zu viel getrunken und konnte sie nicht nach Viersen bringen, also nahm ich sie erst mal wieder auf. Schließlich konnte ich sie ja nicht auf der Straße stehen lassen.

Am nächsten Morgen allerdings wollte ich sie endgültig zurückbringen und mich auf keine Entschuldigung mehr einlassen. Doch es kam wieder anders als gedacht. Nachdem ich sie geweckt hatte, wollte ich sofort mit ihr losfahren, ihre Sachen waren ja noch gepackt. Sie weinte und gestand mir nun, dass sie keine Wohnung in Viersen mehr hatte. Vor vier Wochen schon hatte sie ihre Wohnung verloren, da sie ihre Miete nicht zahlen konnte. Na toll, und nun? Mir blieb nichts anderes übrig, ich musste sie wieder aufnehmen. Schäumend vor Wut und Fassungslosigkeit machte ich ihr klar, dass ich mein eigenes Leben leben wollte, schließlich hatte ich ja wahrlich schon genug Probleme.

Mittlerweile machte mir Minou das Leben schwer. Seitdem sie meine Adresse und meine Telefonnummer erfahren hatte, terrorisierte sie mich täglich. Abends, sobald ich zu Hause war, läutete das Telefon jede halbe Stunde und sie beschimpfte mich aufs Übelste. Das hielt bis morgens gegen drei, vier Uhr an. Als sie dann auch noch dahinterkam, dass Lisa bei mir wohnte, brach ein richtiger Krieg aus. Ihr Anwalt setzte sofort eine Lohnpfändung in Höhe von 1250 DM für Miete und Unterhalt durch. Mir blieb danach nur noch ein Freibetrag von 750 DM, wovon ich meine Miete und den Unterhalt bestreiten musste. Das, was Lisa abends beim Kellnern verdiente, blieb zum größten Teil in der Kneipe. So kam es vor, dass wir an manchen Tagen nichts zu essen hatten.

Die Tage und Wochen vergingen, ohne dass für Lisa ein Erfolg beim Arbeitsamt zu erkennen war. An eine eigene Wohnung war erst recht nicht zu denken. Wie hätte sie die auch bezahlen sollen? Also wohnte sie bis auf unbestimmte Zeit bei mir.

Durch meine Kontakte in der Gastronomie konnte ich ihr auch bald wieder eine Arbeit in einem Café besorgen. Ich brachte sie morgens zur Arbeit und holte sie am späten Abend wieder ab, in der Hoffnung, dass sie durchhalten würde. Ganze drei Wochen ging es gut, bevor ihr wieder fristlos gekündigt wurde, angeblich weil der Besitzer von ihrem vorherigen Arbeitgeber erfahren hatte, weshalb ihr dort gekündigt worden war. Ich konnte das alles nicht verstehen, fast war ich geneigt zu glauben, Minou hätte vielleicht ihre Hand im Spiel gehabt, schließlich kannte man sie auch dort.

Lisa hing nun den ganzen Tag vorm Fernseher, bis ich abends nach Hause kam, zu essen gab es nichts, da das Geld knapp war, und bis in die späte Nacht hielt der Telefonterror an. Dreimal in der Woche ging Lisa abends kellnern, so blieb hin und wieder etwas für Zigaretten und Spaghetti übrig. Das war nun wahrlich nicht das Leben, wie ich es mir wünschte, aber zunächst musste ich es so hinnehmen, wie es eben war.

EIN VEREITELTER FLIRT

*I*n unserem Sportverein hatte ich mir einen Freundeskreis aufgebaut, mit dem ich mich alle zwei Wochen traf. Hier hatten wir uns ein Konto angelegt, das einmal jährlich für einen Ausflug genutzt wurde. Nun war es wieder so weit, es wurde ein Ausflug von fünf Tagen nach Mallorca gebucht, was mich außer Taschengeld nichts kostete. Meine Freunde legten zusammen und so konnte ich mitfahren.

Lisa legte ich nochmals nahe, dass ich sie nach meiner Rückkehr rauswerfen würde, wenn sie dann noch keine eigene Wohnung und keine Arbeit hätte. Sie versprach mir hoch und heilig, sich darum zu kümmern, da sie ja nun 21 Jahre alt geworden war und sich daher eine bessere Chance ausrechnete.

So flog ich nun in Hoffnung auf Frieden mit meinen Freunden für fünf Tage nach Mallorca. Schon am ersten Abend lernte ich Renate kennen. Es passierte in einer Strandbar, wo wir bei reichlich Rum Cola ins Gespräch kamen. Sie war eine kleine zierliche Frau von 27 Jahren, gerade auch geschieden und mit der gleichen Absicht wie ich, erst mal von allem in der Heimat Abstand zu nehmen.

Wir verstanden uns auf Anhieb, was wohl daran lag, dass wir das gleiche Schicksal hatten. So trafen wir uns jeden Tag, erst nur abends am Pool, aber an den letzten zwei Tagen schon am frühen Morgen. Ich hatte mich verliebt, und mir schien, dass auch Renate Gefühle für mich empfand. Abgesehen davon, dass sie mich in den letzten beiden Tagen bei unseren Spaziergängen an die Hand nahm und sich gelegentlich bei mir einhakte, kamen wir uns nicht näher.

Bei meiner Abreise brachte sie mich zum Flughafen, zum Abschied nahmen wir uns in die Arme und sie küsste mich tief und innig. Sie drückte mir einen Zettel in die Hand und fragte, ob ich sie wohl mal in der Heimat besuchen würde. Ich versprach es, obwohl ich im Moment keine große Lust auf einen neuen festen Kontakt hatte. Jedoch verspürte ich im Moment das Verlangen, sie nie mehr loslassen zu wollen. In mir kribbelte es, denn ich war auf einmal im siebten Himmel. Warum bloß hatten wir uns nicht früher geküsst, warum erst, als ich in den Flieger steigen musste?

Der Heimflug war eine Katastrophe, der Alkohol floss in Strömen und wir hatten reichlich Spaß dabei. Es wurde so viel getrunken, dass meine Füße nicht mehr auf mich hörten und ich beim Ausstieg die Gangway herunterstürzte. Man packte mich ins Taxi und brachte mich nach Hause, keine Ahnung, wie ich ins Bett gekommen war, aber spät am Abend wachte ich dort mit einem dicken Kopf auf.

Ich traute meinen Augen nicht, was ich da sah: Die Wohnung war aufgeräumt, Blumen standen auf dem Tisch und ein Zettel lag da. Lisa hatte mir einen Brief geschrieben, in dem sie sich für alles entschuldigte und mir ihre Liebe gestand. Sie flehte mich an, sie bitte nicht rauszuwerfen, aber ich fand keine Sachen mehr von ihr in der Wohnung und so entschloss ich mich, unser Stammlokal aufzusuchen.

Hinter der Theke stand ihr kleiner Koffer und sie knobelte mit den Stammgästen. Als sie mich sah, kam sie auf mich zu, nahm mich in den Arm und flüsterte nur: „Bitte, bitte." In diesem Moment tat sie mir wieder leid und so nahm ich sie wieder mit nach Hause.

Am nächsten Morgen fand ich den Zettel, den mir Renate am Flughafen zugesteckt hatte, in meiner Hosentasche. Es stand nur eine Telefonnummer darauf, doch die Vorwahlnummer kam mir sehr bekannt vor, war es doch die Nummer von Mülheim. Wohnte Renate etwa gleich in der Nachbarstadt?

Da ich ja wusste, dass sie zwei Tage später in Düsseldorf landete, entschloss ich mich, sie vom Flughafen abzuholen.

Mit einer Rose und einem Gefühl von Glück stand ich in der Empfangshalle im Flughafen. Als Renate mich sah, ließ sie vor Schreck den Koffer fallen, ein überraschtes Lächeln überzog ihr zartes Gesicht und ich glaubte auch eine Träne zu erkennen. Wir hielten uns in den Armen und konnten nichts sagen. Ich glaube, in diesem Moment waren wir zwei die glücklichsten Menschen auf der Welt. „Ich hab's gewusst und gehofft, dass du kommst", flüsterte sie. Ich fuhr sie mit meinem Wagen nach Hause, doch auf der Fahrt konnten wir nur schweigen. Sobald sich während der Fahrt die Gelegenheit bot, hielt ich ihre Hand, es war, als ob wir uns damit alles sagten. Vor ihrer

Tür bat sie mich nicht in ihre Wohnung, da es noch zu früh dafür sei, was mir nur recht war, denn ich wollte schließlich kein kurzes Date.

In den nächsten beiden Wochen sahen wir uns täglich, direkt nach meiner Arbeit fuhr ich zu ihr und holte sie zum Spaziergang oder zum Essen ab. Da es mir jedoch finanziell nicht so gut ging, unterstützte sie mich mit den Worten: „Wenn alles überstanden ist, kannst du mich ja auch mal einladen." Mittlerweile nahm sie mich auch mit in ihre Wohnung, wo sie für mich kochte. Doch zum Sex kam es immer noch nicht, damit wollten wir beide erst mal warten, bis wir uns länger kennen würden.

Ich machte nun Lisa klar, dass ich eine neue Beziehung hatte, ihr aber noch für kurze Zeit ein Wohnrecht einräumte, bis sie selbst eine Wohnung gefunden hatte. Nur solle sie mir keinen Ärger machen, sonst müsse sie sofort gehen, was sie auch versprach zu akzeptieren.

Da ich beruflich nur Anzug mit weißem Hemd und Krawatte trug und auch durch den Stress mit Minou nichts anderes mehr hatte, überraschte mich Renate eines Abends mit einer Jeans, einem blauen Hemd und einem dazu passenden Pullover. In meinem ganzen Leben hatte ich noch keine Jeans gehabt, von daher war ich sehr stolz darauf. Sofort wechselte ich meine Kleidung bei ihr und fühlte mich wie ein junger Gott. Noch nie war mir so wohl in meiner neuen Garderobe.

Als ich abends nach Hause kam und Lisa meine neuen Sachen sah, sagte sie nur: „Na, haste die Sachen von deiner neuen Schlampe bekommen?" Ich war außer mir, wie konnte sie so was nur sagen, hatte sie doch kein Recht, über mich und meine Freundin zu urteilen, wo sie hier doch nur eine Wohngelegenheit hatte und sonst nichts. Das machte ich ihr aufs Schärfste klar und es kam mal wieder zu einem handfesten Streit. Ich beschloss, ab sofort kein Wort mehr mit ihr zu reden und sie auch sonst zu ignorieren.

Am folgenden Tag, als ich von der Arbeit kam, wollte ich mich umziehen, fand jedoch meine neuen Sachen nicht mehr. Lisa war nicht da, also suchte ich alles ab, bis ich meine Sachen schließlich draußen in der Mülltonne fand. Nun hatte ich genug von ihr: Ich packte die paar Sachen von Lisa in ihren kleinen Koffer und stellte ihn draußen vor die Tür. Von innen schloss ich die Tür ab und ließ den Schlüssel stecken, damit man nicht aufschließen konnte. Mir war es nun egal, wo sie nachts blieb. Gegen ein Uhr kam sie nach Hause und stand mit gepacktem Koffer vor der verschlossenen Tür. Weil sie das alles nicht begreifen konnte, schlug sie verzweifelt gegen die Tür. Lautstark drohte sie mit der Polizei, so dass sich schon die ersten Nachbarn im Flur bemerkbar machten. Und wieder musste ich nachgeben und sie reinlassen. Sie gestand, in einem Wutanfall die Sachen von Renate weggeworfen zu haben, auch hatte sie all die Bilder von Minou zerrissen und verbrannt. Nun hatte ich kein Bild mehr von Minou als Erinnerung, was mich trotz allem sehr schmerzte. Nochmals machte ich Lisa nachdrücklich klar, dass sie sich endlich um eine andere Unterkunft kümmern müsse. So konnte es nicht weitergehen. Doch es kam noch schlimmer.

Seit zwei Tagen hatte ich nichts mehr von Renate gehört, telefonisch war sie auch nicht mehr zu erreichen. So versuchte ich, sie zu Hause anzutreffen, aber ich stand immer vor verschlossener Tür. Auf mein Klingeln gab es keine Reaktion. So fing ich sie am dritten Tag bei ihrer Arbeit ab. Als sie mich sah, wollte sie mir aus dem Wege gehen, doch auf mein Drängen hin blieb sie stehen. Was ich da hörte, riss mir fast den Boden unter den Füßen weg. Sie hatte vor vier Tagen versucht, mich telefonisch zu erreichen, aber stattdessen meldete sich eine junge Frau, die behauptete, meine Lebensgefährtin zu sein und dass wir schon lange zusammen wohnen und Tisch und Bett teilen würden.

Ich war fassungslos und versuchte die Situation richtigzustellen, was mir jedoch nicht gelang. Schließlich hatte Renate gerade eine Scheidung hinter sich. Ihr Mann hatte sie auch jahrelang betrogen und nun kam ich daher, der ihr Liebe und Treue versprach, aber schon nach knapp drei Wochen eine Frau zu Hause hatte. Sie schob mich zur Seite und sagte nur: „Komm in einem halben Jahr noch mal vorbei, wenn du dann alles geklärt hast." Verzweifelt fuhr ich heim. Was sollte ich nur machen? Lisa hing wie eine Klette an mir, ich konnte sie doch nicht auf die Straße setzen, ich wurde sie einfach nicht mehr los. Es gab für mich nur noch eine Möglichkeit, und zwar ausgerechnet Minou.

In der Bredouille

Heimlich traf ich mich mit Minou in einem Café, wo ich ihr meine Geschichte erzählte und gestand, dass ich so nicht weiterleben mochte – ihre täglichen Terroranrufe, Ihre Beschimpfungen, die Drohschreiben von ihrem Anwalt, die Lohnpfändung und all der ganze Stress. Ob es ein Zurück gäbe?

„Ja", sagte sie. „Es gibt ein Zurück." Ihre Bedingung war, dass ich mich sofort, noch am gleichen Tag, von Lisa trennte. Sie dagegen würde sich sofort und für immer von ihrem Bruder lösen. Vielleicht nähmen wir uns eine neue Wohnung und fingen ganz von vorne an. Ich bat sie um etwas Bedenkzeit, denn damit hatte ich nicht gerechnet. Doch schon zwei Tage später bekam ich einen bitterbösen Brief von ihrem Anwalt. Man unterstellte mir, dass ich Schwarzeinkünfte hätte und nun alle Belege dem Gericht vorlegen müsse, sonst drohe mir eine Haftstrafe. War denn alles wieder nur Lüge von Minou, wollte sie mich nur aus der Reserve locken?

Ich konnte nicht mehr, vernachlässigte meine Arbeit und gab mich ganz meiner Spielsucht hin. Jede freie Minute saß ich nun vor einem Spielautomaten, um meinen Frust mit einem Glücksgefühl bei einem Gewinn zu verdrängen. Um an Geld dafür zu kommen, verkaufte ich all meine Ringe, sogar eine teure Armbanduhr versetzte ich im Pfandhaus. Ich brach bei mir selbst ein, um meinen Fernseher zu versetzen. So bekam ich von der Versicherung 800 DM Schadenersatz, die ich prompt wieder verspielte. Als das alles nicht reichte, unterschlug ich Ware von über 5000 DM bei meinem Arbeitgeber. Ich war am Ende und sah keinen Ausweg mehr, um aus dieser Misere rauszukommen. Lisa wohnte immer noch bei mir, und nur weil sie abends kellnerte, hatten wir wenigstens noch ein bisschen Geld fürs Essen übrig.

Minou hatte mich indessen bestimmt schon zehnmal vor Gericht gebracht, für jede Kleinigkeit eine neue Verhandlung. Eines Tages hatte mein Anwalt eine zündende Idee. Er fragte mich, ob ich eine Freundin hätte, ich sollte sie doch heiraten und könnte so eventuell den laufenden Unterhaltszahlungen entgehen. Da ich ja dann eine neue Familie hätte, stünde mir mehr Geld als Freibetrag zu. Damit ich aber nicht wieder in eine neue Ehekrise rutschte, müsste ein Ehevertrag über ein

Jahr Ehe aufgesetzt werden. Da das allerdings nicht rechtens sei, müsste es beim Anwalt mündlich vereinbart werden.

Mir gefiel die Idee sehr gut und so fragte ich Lisa in meiner Verzweiflung, ob sie mit mir für ein Jahr die Ehe eingehen würde. Es gebe nur eine Bedingung, sie müsse unbedingt die Pille nehmen, damit aus dieser Ehe kein Kind hervorginge. Mit Freude stimmte sie zu und so reichte ich einen Blitzantrag beim Standesamt ein. Schon eine Woche später waren wir verheiratet, was mir aber dennoch keinen finanziellen Vorteil einbrachte.

Als Minou nämlich erfuhr, dass ich wieder geheiratet hatte, unterschrieb sie sofort einen Lehrvertrag bei Ashkan, obwohl sie dort schon zwei Jahre als Arzthelferin arbeitete. So kam ich noch zusätzlich in den Genuss, Lehrgeld für sie zu bezahlen. Ich musste es nun so hinnehmen, wie es war. Es gab keine Aussicht auf Besserung, es gab nur noch das Automatenspiel und fast jeden Abend Alkohol. Bei alldem war ich nun auch noch mit einer Zweiundzwanzigjährigen verheiratet, die ich nicht liebte. Wo sollte das alles noch hinführen? Was war bloß aus meinem großen Traum von Freiheit geworden?

Meine Eltern besuchte ich nur noch alle vier Wochen, denn sie sollten nicht mitbekommen, wie tief ich gesunken war. Die Ehe mit Lisa war nur zum Schein, doch wir machten das Beste daraus. Sie ging nun fast jeden Abend kellnern, was uns über Wasser hielt, und ich machte meine Arbeit mehr schlecht als recht. Schaffte ich mal einen guten Umsatz, der mit einer Prämie belohnt wurde, so hatte ich ohnehin nichts davon. Bis zu einem Pfändungsfreibetrag von 750 DM wurde ja alles an Minou überwiesen. Obwohl mein Chef manchen guten Umsatz auf seinen Namen laufen ließ und mir dann die Prämie auszahlte, verlor ich schnell die Lust am Arbeiten.

In meinem neuen Stammlokal dagegen war ich ein gern gesehener Gast. Jeden Abend trat ich dort gut gekleidet mit Anzug und Krawatte auf. Auch beherrschte ich immer noch Höflichkeit und Anstand, was mir an der Theke schnell einen neuen Freundeskreis bescherte. Abend für Abend wurde dort gelacht, geknobelt und über alles Mögliche diskutiert. Ein jeder war hier der Größte und ein jeder hätte besser regieren können als unsere Politiker. Auch gab es dort Leidensgenossen, die geschieden waren oder getrennt von ihrem Lebenspartner lebten. War ich anfangs noch vernünftig genug, um abends frühzeitig nach Hause zu gehen, da ich ja morgens wieder pünktlich um acht Uhr mit dem Auto meine Kunden abfahren musste, setzte sich doch bald die Unvernunft durch und ich blieb abends länger in der Kneipe.

Weil am nächsten Morgen mein Vorgesetzter gelegentlich meine Abfahrt kontrollierte, verließ ich zwar weiterhin pünktlich das Haus, fuhr dann jedoch zum nächsten großen Parkplatz, um dort weiterzuschlafen. Da es in den Automatensalons kostenlosen Kaffee gab, führte mich anschließend mein erster Gang dorthin. Meine Kunden konnte ich ja auch noch am Nachmittag besuchen, sie liefen mir ja nicht weg. Dass ich damit falsch lag, merkte ich bald an meinem Umsatz, der von Monat zu Monat nachließ. Hinzu kam, dass hin und wieder ein Barverkauf, der mir ein bisschen Bargeld bescherte, nicht mehr mit der Firma abgerechnet wurde. So fiel ich immer tiefer und merkte es nicht einmal.

Lisa hatte sich in unserem alten Stammlokal, wo sie ja auch kellnerte, ihren eigenen Bekanntenkreis aufgebaut. Es war eine Gruppe von vier Männern, die sich jeden Morgen dort zum Knobeln trafen, alle über 40 und auch im Außendienst tätig. Sie war dort die Königin, hatte Getränke und Zigaretten frei und wurde von den älteren Knaben vergöttert. Auf ihre Art war sie der Hahn im Korb, was mich jedoch nicht interessierte. Unser Zusammenleben war sowieso nur auf das Nötigste beschränkt. Wir wohnten, aßen und schliefen zusammen, wobei ich Letzteres als positiv ansah, denn nicht jeder hatte schließlich eine so junge Frau im Bett. Im Haushalt musste nicht viel erledigt werden, hatten wir doch nur zwei bis drei Tassen und Teller zur Verfügung.

Mir schien, als ob das Jahr rasend schnell vorüberging. Minou terrorisierte uns weiter mit nächtlichem Telefonterror und ihr Anwalt versuchte immer wieder mit neuen Unterstellungen an noch mehr Geld zu kommen. Ich hatte zwar einen Prozess gewonnen, wobei mir das Gericht meine sämtlichen Schallplatten sowie meine geliebte Stereoanlage zusprach, was jedoch nur auf dem Papier Bestand hatte, denn Minou hatte meine Lieblingsschallplatten und meine Anlage in einem Wutanfall angeblich weggeworfen. So bekam ich nur noch einen Rest meiner Platten, die ich nie leiden konnte, und ein altes Radio aus den frühen sechziger Jahren.

Mein schönes Apartment war auch nicht mehr das, was es mal gewesen war. Staub gewischt wurde nur noch, wenn man die Grundfarbe des Holzes nicht mehr erkannte, und überall lagen getragene Kleidungsstücke herum. Lisa hatte nur noch Wohnrecht bis nach dem einen vereinbarten Ehejahr und dann würde ich mein neues Leben vielleicht in den Griff bekommen. Ich würde ganz neu anfangen, vielleicht auch hier wegziehen. So ganz hatte ich mich wohl doch noch nicht aufgegeben: nur noch vier Monate bis zur Scheidung und zum Neubeginn.

Aber meistens kommt es anders, als man es sich erhofft. Wir waren nun fast acht Monate verheiratet, zumindest auf dem Papier. Lisa nahm regelmäßig die Pille, was ich jeden Morgen kontrollierte. Eines Abends, als ich von der Arbeit nach Hause kam, saß Lisa mit ängstlichem Gesichtsausdruck am Esstisch. „Was ist los?", fragte ich sie. Sie hatte sichtlich Angst und fing sofort an zu weinen. „Ich werde nicht so sein wie deine Ex", stotterte sie. „Ich werde dich nie so ruinieren, ich werde dich immer in guter Erinnerung behalten, wenn wir uns im nächsten Jahr trennen. Aber ich wollte nur ein Andenken von dir haben. Ich bin schwanger. Ich habe morgens die Pille nicht geschluckt, sondern weggeworfen."

„Was?" Ich war entsetzt, was soll denn jetzt nur werden, nun kommt noch eine Unterhaltszahlung auf mich zu. Mein Traum von Freiheit war mit einem Schlag dahin. Ich war verzweifelt, hatte ich es doch fast geschafft. Die Aussichten, für Minou bald nichts mehr zahlen zu müssen, waren gut, und nun das. Lisa jedoch versicherte mir, dass sie für das Kind nie Geld von mir verlangen würde und dass sie mir auch in Zukunft nie Probleme bereiten würde wie Minou.

Damit musste ich erst mal klarkommen und so entschloss ich mich, abends alles mit meinen Freunden bei einem Gläschen zu überdenken. Schon nach dem zweiten Glas, als ich meine Neuigkeit gerade verkündet hatte, fragte man mich, ob ich nicht an einer schönen kleinen Wohnung interessiert sei. Ich solle sie mir doch mal ansehen, sie sei gerade mal einen Steinwurf von hier entfernt. Ich willigte ein und war nach der Besichtigung sogleich begeistert. Sie war nicht nur sehr preisgünstig, sondern auch noch teilmöbliert. Sollte das ein neuer Anfang sein? Schließlich hatte ich ja in letzter Zeit keine Probleme mit Lisa gehabt, man konnte sogar sagen, dass wir uns gut verstanden hatten. Ich musste es riskieren, wollte ich doch immer schon Vater werden.

Ich eilte nach Hause, um Lisa die frohe Botschaft zu verkünden. Sie lag weinend im Bett und rechnete nicht mit meiner Rückkehr. Aber als ich ihr von der Wohnung erzählte und ihr anbot, es nun doch auf Dauer miteinander zu versuchen, war sie vor Glück kaum zu halten. Sie beschloss, an diesem Abend nicht zu kellnern, stattdessen gingen wir schön essen und schmiedeten Pläne, wie wir gemeinsam unsere neue Wohnung einrichteten.

Schon 14 Tage später konnten wir mit Hilfe unserer Freunde einziehen, die uns beim Renovieren tatkräftig geholfen hatten. Es war ein neuer Anfang und wir waren beide sehr glücklich. Ich kümmerte mich aufopfernd um meine Frau, versuchte ihr jeden Wunsch von den Lippen abzulesen, selbst einen Namen hatte ich schon für unser noch nicht geborenes Mädchen. Mädchen? Wir wussten ja noch gar nicht, was es wird, aber für mich war klar, dass es eine Nina wird. Wenn ich Lisas Bauch streichelte, redete ich immer mit unserer kleinen Nina, es gab für mich einfach nichts anderes mehr. Auf einmal waren wir wirklich glücklich miteinander und es schien, als könnte uns nichts mehr trennen.

Erst jetzt erzählte ich meinen Eltern, dass ich seit Anfang des Jahres wieder verheiratet war. Ich machte ihnen klar, warum ich nie davon geredet hatte, dass es zunächst ein Versuch auf Anraten meines Anwalts gewesen war, um aus der finanziellen Misere zu kommen. Erst konnten sie es verstehen, aber als ich dann mit der Nachricht herausplatzte: „Ich werde Vater!", konnten sie es nicht begreifen. Ändern konnten sie trotzdem nichts daran und so wollten sie schnellstens meine neue Frau kennen lernen.

Eigentlich hätte ich mir das auch ersparen können, denn meine Mutter war fassungslos, als ich ihnen dieses junge Mädchen vorstellte. „Ach Junge, wann wirst du denn endlich mal vernünftig?" Mehr konnte meine Mutter dazu nicht sagen und das erste Mal hatte sie recht. Lisa wurde einfach nicht akzeptiert, sondern nur geduldet, was sie auch von vornherein zu spüren bekam. Ich konnte damit leben, denn so brauchten wir meine Eltern nicht laufend besuchen.

Meinen Arbeitgeber informierte ich darüber, dass ich im letzten Jahr durch Verzweiflung abgestürzt war und über 5000 DM unterschlagen hatte. Ich erklärte mich bereit, dass, wenn man mich nicht anzeigte, ich dafür sorgte, dass der Betrag schnellstmöglich ausgeglichen wurde. Auch versprach ich, mich wieder voll auf meine Arbeit zu konzentrieren. Mein Arbeitgeber kannte mich ja schon über fünf Jahre und wusste, dass er sich eigentlich auf mich verlassen konnte, und so akzeptierte er mein Anliegen.

Alles schien wieder seinen normalen Weg zu gehen. Durch den Umzug bekam ich eine neue Telefonnummer ohne Eintrag im Telefonbuch. So konnte Minou uns nicht mehr terrorisieren. Ich wechselte den Anwalt, was zur Folge hatte, dass die falschen Machenschaften von Minou aufgeklärt wurden. So kam ans Licht, dass sie schon im ersten Monat ihre angebliche Lehre wieder abgebrochen hatte. Aber die Gerichtsmühlen laufen bekanntlich langsam und so musste ich zwar erst mal weiterzahlen, aber die Zahlungen wurden beim Anwalt hinterlegt.

Alles hatte sich verändert: Ich wurde Vater, ich hatte wieder Hoffnung, ich ging wieder regelmäßig arbeiten, meine Kneipenbesuche beschränkten sich nur noch auf das Wochenende.

Um von meiner Spielsucht loszukommen, suchte ich einen Psychiater auf, der pro Sitzung 80 DM veranschlagte, dafür hätte ich auch spielen gehen können. Doch ich gab nicht auf und versuchte selbst dagegen anzukämpfen. In Dortmund gab es einen Verein der Anonymen Spieler, also machte ich mich auf den Weg, um mir dort Hilfe zu holen, allerdings ohne durchschlagenden Erfolg, denn sobald ich eine Spielhalle sah, kribbelte es mir immer noch in den Fingern.

VATERFREUDEN

*A*nfang Februar 1984, als ich spätabends von meinem wöchentlichen Stammtisch nach Hause kam, fand ich meine Frau schlafend in einem nassen Bett vor. Ich weckte sie, um zu sehen, was passiert war. Als sie merkte, was geschehen war, schrie sie um Hilfe. Ihre Fruchtblase war geplatzt, obwohl der Termin doch erst im April sein sollte. Sofort bestellte ich ein Taxi und brachte sie ins Krankenhaus. Nur nicht schon wieder ein Kind verlieren, bitte nicht!

Aber es ging alles gut, allerdings musste Lisa dableiben und durfte nicht mehr aufstehen. Man beruhigte mich und tröstete mich damit, dass unser Kind wohl ein Frühchen werden würde und schon Anfang März geholt werden sollte, aber jedenfalls gesund. Jeden Tag besuchte ich meine Frau und nervte die Schwestern und den Arzt, wenn ich mich nach dem Befinden unserer kleinen Nina erkundigte.

Dann endlich wurde uns der Termin mitgeteilt: Am Sonntag, den 11. März, morgens um zehn Uhr sollte es so weit sein. So hieß es jetzt nur noch abzuwarten und ich machte all meine Freunde verrückt, wenn ich mich abends in unserer Stammkneipe zu ihnen gesellte. „Ah, da kommt der werdende Vater, schenk ein, mach Striche." Ich muss gestehen, es war schon ein teures Warten, aber dafür rührte ich auch keinen Spielautomaten mehr an.

Zu Hause war alles für die Ankunft meiner Nina vorbereitet. So stand ich, bevor ich zu Bett ging, vor dem noch leeren Kinderbettchen und wünschte meiner noch nicht geborenen Nina schon „Gute Nacht und schlaf schön". Auch im Wohnzimmer war alles für den Empfang meiner Frau hergerichtet. Die Wohnung war aufgeräumt, eine leere Blumenvase stand schon für die Rosen bereit, auch für Kekse und Leckereien war gesorgt. Nun mussten sie nur noch nach Hause kommen.

Am Samstag, den 10. März 1984, dem Vortag der Geburt, war meine freudige Erwartung so groß, dass es mich nicht mehr zu Hause hielt. Samstags trafen sich sowieso alle Freunde in unserem Stammlokal. Also gesellte ich mich zu ihnen, um den Abend in gemütlicher Runde zu genießen. Wir knobelten und bei jeder verlorenen Runde hieß es mit erhobenem Glas nur noch „Auf Nina!", was uns, je später es wurde, umso mehr Spaß machte. Bald achtete ich nicht mehr auf die Uhr. Spät, sehr spät taumelte ich gut gelaunt und glücklich nach Hause.

„Gleich kommt Nina" – ich hatte nur noch diesen Gedanken. Der Wecker war auf neun Uhr gestellt und so konnte ja nichts schiefgehen. Aber als ich morgens mit schwerem Kopf um zehn vor zehn wach wurde, musste ich zweimal genau hinsehen, um zu begreifen, dass ich verschlafen hatte. Schnell anziehen, den Autoschlüssel greifen, ein schneller Blick durch die Wohnung und nichts wie hin zum Krankenhaus. Dass ich noch zu viel Alkohol im Blut hatte, interessierte mich im Moment überhaupt nicht.

Vielleicht warteten sie ja mit der Geburt, bis ich da war. Mit großen Schritten hastete ich die Stufen hoch, doch in ihrem Zimmer lag meine Frau nicht mehr. Ich fragte, wobei ich versuchte, mit der Hand meinen Atem zu verbergen, wo meine Frau sei. „Oh guter Mann, auf der Intensivstation, denn sie bekommt gerade ein Kind."

Als ob ich das nicht wüsste! Immer noch außer Atem vom schnellen Treppensteigen lief ich den Gang hinunter und stürmte auf die Intensivstation. Ein erboster Arzt hielt mich dort mit schroffen Worten auf. „Stopp! Sind Sie wahnsinnig? Was machen Sie hier? Hier ist der Zutritt strengstens verboten. Machen Sie sofort, dass Sie hier verschwinden, Sie besoffener Kerl!"

„Aber", stammelte ich, „ich bekomm doch heute ein Kind!" Er musterte mich und ließ ein kleines Lächeln erkennen. „Ach, Sie sind der glückliche Vater. Na dann kommen Sie mal mit, ich glaube, das Kind wird gerade geholt." Er nahm mich mit auf einen Seitengang und bat mich, dort vor einer Tür zu warten. Hinter der Tür hörte ich lautes Kindergeschrei. „Das ist Ihr Kind", lächelte er und verschwand hinter der Tür.

Nach unendlich langen zwei Minuten kam er wieder heraus. „So, nun können Sie Ihre Tochter sehen und auch ein Foto machen." Oh Gott, ein Foto machen, wie denn, ich hatte zwar meine Kamera dabei, doch konnte sie nicht mal mehr bedienen. Er nahm mich am Arm und führte mich auf langsamen und wackeligen Beinen in den Kreißsaal. Da lag sie nun, meine

Nina! Doch wo war meine Frau? Man beruhigte mich, dass alles in Ordnung sei und meine Frau gleich wieder auf ihrem Zimmer sei, wo ich warten sollte. Der Arzt machte noch schnell ein Foto, wozu ich beim besten Willen nicht in der Lage war, und bat mich, im Zimmer zu warten. Auf dem Gang jedoch wurde gerade Lisa in ihr Zimmer gefahren. Mit schnellen Schritten war ich bei ihr, um ihre Hand zu halten. Erst jetzt begriff ich langsam, was geschehen war, war ich doch noch reichlich angetrunken. Lisa sprach mich mit „Herr Doktor" an und fragte, ob es ein Mädchen sei, da sich ihr Mann so sehr ein Mädchen wünschte. „Ja, es ist eine Nina", beruhigte ich sie, woraufhin sie ihre Augen schloss und sanft einschlief.

Nachdem ich noch eine gute Stunde am Bett meiner Frau gesessen hatte, machte ich mich auf den Heimweg. Im Auto angekommen, klappte ich erst einmal den Sitz nach hinten, um meinen Rausch auszuschlafen. Allmählich kapierte ich, dass ich Vater geworden war, Vater einer strammen Tochter, meiner Nina.

Die Tage gingen dahin und ich brauchte jetzt nur noch zu warten, bis meine Frau und meine Tochter nach Hause kamen. Die Wohnung war sauber und aufgeräumt und alles zum Empfang vorbereitet. Das erste Mal verspürte ich ein Gefühl von Liebe für Lisa. Das kannte ich bisher noch nicht, da ich insgeheim trotz alldem immer noch Minou liebte. Dennoch freute ich mich darauf, dass Minou von meiner glücklichen Vaterschaft erfuhr, sollte sie doch vor Neid platzen nach allem, was sie mir im Laufe des letzten Jahres angetan hatte, und nach all den Vorwürfen, dass ich kein Kind zeugen könne. Aber nun konnte ich es kaum erwarten, dass Lisa nach Hause kam.

Da ich ja unsere Tochter in meinem Stammlokal ausgiebig hatte hochleben lassen, musste ich mit unserem bisschen Geld noch haushalten und so blieb ich die ganze Woche abends zu Hause. Unser Freund Klaus besuchte mich abends und wir verbrachten die Zeit mit dem Gesellschaftsspiel „Malefiz".

Am Freitag, den 18. März, wurde es jedoch sehr spät. Verabschiedete sich unser Freund sonst immer so gegen 22 Uhr, so blieb er diese Nacht bis morgens um fünf. Da wir ja am Samstag nicht arbeiten mussten, leerten wir dabei zwei Flaschen Whisky und rauchten reichlich Zigaretten. Die Blumenvase und die Tischdecke wurden zur Seite gelegt, Süßigkeiten und Geschenke für Lisas Empfang in Sicherheit gebracht und unser Spiel eröffnet. Als sich unser Freund ebenso gut gelaunt und volltrunken wie ich verabschiedete, ging ich zu Bett, ohne alles wieder aufzuräumen, hatte ich doch noch Zeit genug, da meine Frau ja erst in zwei Tagen wieder nach Hause kommen sollte. So standen zwei überquellende Aschenbecher, zwei leere Flaschen Whisky und jede Menge Chipstüten zwischen den auf dem Boden liegenden Schallplatten herum.

Die Tür öffnete sich und das Erste, was ich im Halbschlaf hörte, war: „Was ist denn hier los? Mit welcher Hure hast du denn hier gefeiert?" Lisa stand plötzlich laut schreiend vor mir, obwohl sie doch erst am Montag kommen sollte. Ich glaubte einen schlechten Traum zu haben, hatte ich doch für sie einen richtig schönen Empfang mit Blumen und Geschenken geplant. Ich versuchte mich zu entschuldigen, indem ich von der letzten Nacht mit unserem Freund erzählte, doch sie schrie nur weiter und beschimpfte mich mit „Hurensohn, Betrüger, Fremdgeher".

„Ich ziehe mit meiner Tochter zu meiner Mutter! In einem solchen Dreckstall werde ich nicht mit ihr wohnen!"

Ich hatte doch nicht damit gerechnet, dass sie vorzeitig aus dem Krankenhaus entlassen wurde, und wollte sie doch am Montag abholen, und nun das.

Erst Tage später konnte ich sie von meinem Spielabend mit Klaus überzeugen, aber bis dahin herrschte eine angespannte Stimmung bei uns. Sollte die Hoffnung auf Frieden und ein harmonisches Leben schon wieder vergeblich gewesen sein?

Unsere kleine Nina musste noch ein paar Wochen länger im Krankenhaus bleiben, da sie noch ein bisschen Untergewicht hatte. Jeden Tag besuchte ich sie, stand vor ihrem kleinen Bettchen und redete mit ihr. Nach gut vier Wochen durften wir unsere Tochter endlich nach Hause holen.

Die Welt schien wieder in Ordnung zu sein. Lisa kellnerte weiter und ich ging wieder mit Freude zur Arbeit. Es verging einige Zeit, bis ich dahinterkam, dass Lisa sich morgens immer mal wieder in ihrem Stammlokal mit einigen älteren Stammgästen zum Knobeln traf. Als ich sie darauf ansprach, kam nur ein kurzes „Na und". Ich konnte das nicht verstehen, waren wir doch nun eine Familie und mussten auf jeden Pfennig achten. Sie beteuerte jedoch, dass sie grundsätzlich Getränke frei hätte, denn Uwe, einer der Gäste, würde alles für sie bezahlen. Dass dieser Uwe mir noch mal Kopfzerbrechen bereiten sollte, konnte ich nicht ahnen. Nicht nur dass sie sich morgens zum Knobeln trafen, nein, sie gingen auch hin und wieder nachmittags zusammen spazieren. Ich war zwar nicht eifersüchtig, aber kapierte es dennoch nicht.

Angesichts unserer Geldnöte war ich trotzdem froh, wenn Lisa ab und zu mal 20 DM mitbrachte. Es hieß nur immer, Uwe hätte es ihr gegeben, weil sie ihm bei seinen familiären Problemen so gut zuhören konnte. Ich fragte mich, warum sie mir nie zuhören konnte, denn ich hatte wahrlich auch genug Probleme.

UNSERE KLEINE KNEIPE

Die Tage gingen dahin und es stand mal wieder ein Gaststätten-Durchgang an, bei dem die Produkte unserer Firma vorgestellt wurden. So kam es, dass ich das Vereinshaus eines Paddelclubs besuchte. Die Wirtin machte einen traurigen Eindruck, da ihr Mann vier Wochen zuvor verstorben war und sie nun das Geschäft allein weiterführen musste. Gern würde sie das Lokal abgeben, wozu auch eine geräumige Wohnung mit großer Terrasse und weiter Rasenfläche gehörten, doch leider hätte sie keinen Nachfolger.

Das machte mich ausgesprochen neugierig und ich sah meine große Chance darin, unsere finanzielle Notlage zu verbessern. Könnten wir nicht das Lokal pachten? Wir hätten eine schöne neue Wohnung und für unsere kleine Nina wäre auch viel Platz zum Spielen da. Die Einnahmen könnten unsere Miete decken, so dass wir genug zum Leben übrig hätten. Ich war von dieser Idee so begeistert, dass ich sofort meine Verkaufstour abbrach, um es meiner Lisa zu erzählen. Sie war auch sofort damit einverstanden und so beschlossen wir, alles dafür in die Wege zu leiten. Schon zwei Wochen später hatten wir den Pachtvertrag unterschrieben.

Wenn ich damals geahnt hätte, was ich mir damit antat, hätte ich den Vertrag gewiss nicht unterschrieben.

Noch waren unsere Erwartungen groß und schnell war der Umzug in unser neues Reich vollbracht. Zunächst wurde das Schlafzimmer aufgebaut, und damit wir uns in den Ruhephasen besser entspannen konnten, stellten wir unseren Fernseher im Schlafzimmer auf. Mit dem Aufbau des Wohnzimmers ließen wir uns erst mal Zeit, dafür wollten wir neue Möbel suchen. Ein kleiner Tisch reichte mir als Schreibtisch, und da die Küche im Schankraum war, konnten wir dort auch gut essen. Nina hatte in dem großen Restaurant sogar Platz für eine Spielecke.

Alles schien fast perfekt zu sein. Ich fuhr morgens meine Kunden ab und Lisa kümmerte sich um den Haushalt und unsere kleine Nina. Ab 17 Uhr öffnete sie dann unser Lokal und ich übernahm ab 19 Uhr den Schankbetrieb, der gegen Mitternacht enden sollte. Alles war gut durchdacht, doch entwickelte es sich leider ganz anders.

Es war die Zeit der Videorecorder, die es erst seit ein paar Jahren gab. Jeder wollte so ein Gerät haben, da es doch auch an jeder Ecke schon Videotheken gab. Filme ausleihen und abends dann darüber diskutieren, das war damals in. Wir hätten auch gern so ein Gerät gehabt, doch noch war es für uns unerschwinglich. Eines Tages betrat ein uns unbekannter Gast unsere Gaststätte. Nach kurzem Gespräch bot er uns einen Videoplayer an, der angeblich von einem LKW gefallen war. Schnell handelte ich einen guten Preis aus und überraschte damit meine Lisa. Ihre Freude war natürlich riesengroß, aber ich konnte ja nicht ahnen, was ich damit angerichtet hatte. Schon am nächsten Tag liehen wir drei Filme in der Videothek aus, was finanziell schon fast unseren Tagesgewinn ausmachte. Da die Filme noch am gleichen Tag zurückgegeben werden mussten, sah Lisa sie sich natürlich auch sofort an, fast sechs

Stunden am Tag. Das hatte zur Folge, dass nicht nur der Haushalt, sondern auch unsere kleine Nina darunter zu leiden hatte. Unsere Gaststätte wurde plötzlich nicht mehr um 17 Uhr geöffnet, sondern erst wenn ich von der Arbeit kam, was wiederum einige Stammgäste verärgerte.

Schon nach kurzer Zeit konnte ich unsere Gäste an einer Hand abzählen. Der Traum vom großen Gewinn zerplatzte wie eine Seifenblase. Schnell machten wir Verluste, was in unserer Ehe zu Streitigkeiten führte. Bald konnte ich die Pacht und die Nebenkosten nicht mehr aufbringen und ich begann wieder damit, bei meiner Firma Geld zu unterschlagen. Da wir auch einen Geldspielautomaten in unserer Gaststätte hatten, versuchte ich hier durch gelegentliches Spiel unsere Finanzen etwas aufzubessern, was natürlich nicht klappte. Wir stürzten immer tiefer in ein bodenloses Loch und ich sah keine Alternative mehr. Ein Kredit von der Bank war auch nicht mehr möglich, da wir ja erst kürzlich einen erhalten hatten.

Lisa dagegen kümmerte das alles nicht. Sie lieh sich immer noch Filme aus, obwohl unser Budget das kaum zuließ. Auch traf sie sich nun des Öfteren vormittags, wenn ich arbeitete, mit diesem Uwe. Angeblich spendierte er ihr hin und wieder mal einen Film, was mich sehr verärgerte.

Es schien, dass unsere Ehe total aus dem Ruder gelaufen war. Ich verspürte nicht mal ein Gefühl von Eifersucht. Für mich gab es nur meine Nina, für die es sich lohnte, weiter verheiratet zu bleiben, wollte ich sie doch nicht verlieren.

Als mal wieder eine Mahnung kam, bat ich Lisa, ihren angeblich nur mit ihr befreundeten Uwe zu fragen, ob er ihr nicht 1000 DM leihen könnte, damit wir die Rechnungen bezahlen konnten. Sie versprach es zu versuchen, doch schien es wohl aussichtslos zu sein.

Es war spät geworden an diesem Abend, als meine letzten und einzigen Gäste gingen. Ich war froh, dass ich endlich abschließen konnte, denn schließlich war ich schon seit morgens um acht Uhr unterwegs und hatte um 18 Uhr unser Lokal geöffnet und mit meinen drei Gästen den Abend mit Knobeln verbracht.

Lisa lag wie immer mit Nina, die tief und fest schlief, im Bett und schaute sich wohl schon den dritten Film an. Ich schimpfte mit ihr, sie solle sich doch bitte mal um den Schankraum kümmern, damit ich unseren Schriftkram erledigen könne, auch müsse die Theke mal wieder gereinigt werden, denn dazu hätte ich nach dem langen Tag wirklich keine Lust mehr. Mürrisch raffte sie sich auf und verschwand in den Schankraum. Ich hörte nur noch, wie sie die Musik laut laufen ließ, bevor ich vor Müdigkeit einschlief.

Gegen vier Uhr wurde ich durch Zufall wach. Das Bett neben mir war leer und von Lisa war nichts zu sehen. Überrascht stand ich vorsichtig auf und ging leise zum Schankraum. Doch konnte ich die Tür nicht öffnen, nicht dass sie abgeschlossen war, vielmehr ließen mich die leise Musik und das lustvolle Lachen von Lisa wie versteinert stehen bleiben. Ein paar Minuten lauschte ich mit meinem Ohr an der Tür, um herauszufinden, wer zur späten Stunde noch da war und über was es so Lustiges zu reden gab. Vorsichtig öffnete ich die Tür und nach ein paar leisen Schritten sah ich in einer kleinen Sitzecke meine Lisa in den Armen von Uwe liegen. Ihre Bluse war fast ganz geöffnet, und es schien mir, als ob sie keinen BH mehr trug.

„Was soll das denn? Was ist hier los?", fragte ich schroff.

Entsetzt sprangen beide auf, wobei Lisa mit schnellen Griffen versuchte, ihre Bluse wieder zu schließen. Verlegen stotterte sie, wo ich denn herkomme. Uwe entschuldigte sich kurz, legte noch schnell 20 DM auf den Tisch, bevor er fluchtartig das Lokal verließ.

Ich war geschockt. War wirklich was dran, was ich schon lange vermutete? Hatte Lisa wirklich ein Verhältnis mit diesem Uwe?

In den nächsten Tagen sprachen wir kein Wort miteinander, war doch unser Eheleben bis aufs Äußerste angespannt. Ich konnte das einfach nicht begreifen. Wie konnte sie mich so hintergehen? Den ganzen Tag lag sie im Bett, um sich Filme anzusehen, statt mit unserer Kleinen mal einen Spielplatz zu besuchen. Um ein Zeichen zu setzen, entschloss ich mich, Nina bei meinen täglichen Geschäftsreisen mitzunehmen. Eine ganze Woche ging das gut, bis mein Vorgesetzter dahinterkam und es mir strengstens verbot.

Als ich eines Abends von der Arbeit nach Hause kam, traute ich meinen Augen nicht. Unser Lokal war geöffnet, dabei war es doch noch keine 18 Uhr. Sollte Lisa es sich wirklich zu Herzen genommen haben und mir nun tatkräftig beistehen?

Aber hinter der Theke stand ihr Bruder Peter, der schon seit Längerem arbeitslos war. „Hallo", lächelte er mich an. „Ich bin hier, um dir bei der Arbeit zu helfen. Wollen doch mal sehen, ob wir hier keinen Umsatz reinbringen." Er zapfte zwei Bier an, wahrscheinlich um mir zu beweisen, dass er es konnte, und prostete mir zu. „Natürlich nur, wenn du nichts dagegen hast. Lisa hat mich angerufen, ob ich nicht kommen wolle."

Mir fehlten die Worte, hatte ich nun auch noch ihren arbeitslosen Bruder bei mir. Als ich Lisa zur Rede stellen wollte, fand ich sie in unserem noch nicht aufgebauten Wohnzimmer, wo sie eine Luftmatratze hingelegt hatte und das Bettzeug für Peter zurechtmachte. „Hier kann er schlafen", fuhr sie mir direkt ins Wort, bevor ich überhaupt eine Frage stellen konnte. „Er wird nicht stören und ein Esser mehr macht den Kohl auch nicht fett." Dabei lächelte sie und meinte: „Und er kann mich beschützen, wenn mal was in der Kneipe passiert. Außerdem können wir sein Arbeitslosengeld gut gebrauchen."

Ich war fassungslos, musste es allerdings erst mal hinnehmen. Meine Hoffnung war jedoch, dass Peter bald wieder nach Hause fuhr, aber wieder mal lag ich damit falsch. Über ein ganzes Jahr blieb er bei uns und statt mehr in der Kasse wurde es weniger. Er war ein Spieler, der von den Automaten genauso wenig ablassen konnte wie ich noch vor geraumer Zeit. Oft erwischte ich ihn, wenn abends keine Gäste da waren, wie er vor dem Automaten saß und einen Fünfer nach dem anderen einwarf. Er behauptete, es sei sein privates Geld, aber ich wusste genau, dass die Fünfer aus unserer Kasse kamen.

Mit Lisa hatte ich nur noch Streit, mal wegen Peter, mal wegen der ganzen Filme, die sie sich immer noch auslieh, mal wegen unserer finanziellen Lage. Auch dass unsere kleine Nina noch nie einen Spielplatz gesehen hatte, obwohl sie doch schon bald zwei Jahre alt wurde, machte mich wahnsinnig.

Die Mahnungen stapelten sich und mit der Pacht lagen wir auch bereits zwei Monate zurück. Die Stadtwerke drohten uns damit, den Strom abzustellen, wenn wir nicht binnen zwei Tagen die Stromrechnung begleichen würden. Das wäre dann also das Aus. So fassten wir den dummen Entschluss, auf eine Zeitungsannonce zu reagieren, in der 2000 DM zu günstigen Zinsen und ohne Schufa angeboten wurden. Schnell hatten wir den Vertrag unterschrieben und konnten 1750 DM in Empfang nehmen, der Rest war Bearbeitungsgebühr. In unserer Not war uns das egal, hatten wir doch am nächsten Tag unsere erste große Familienfeier im Lokal. Gebucht war eine Hochzeit mit 50 Gästen. Wir hatten einen guten Preis ausgehandelt, so dass wir schon mal eine überfällige Pacht bezahlen könnten. Die Stromkosten und diverse kleine Rechnungen konnten wir von dem Kredit bezahlen, um uns etwas Luft zu verschaffen.

Wenn da nur nicht Lisas Unvernunft gewesen wäre! Sie sollte sofort zu den Stadtwerken fahren und dort unsere Stromrechnung begleichen. So packte sie das Geld ein, nahm unsere Nina an die Hand und versprach, danach sofort nach Hause zu kommen. Ich wartete jedoch vergebens. Gegen 22 Uhr rief sie mich aus Wesseling an und erzählte, dass es ihr plötzlich in den Kopf gekommen sei, mit unserer Kleinen auf einen Kurzbesuch zu ihrer Mutter zu fahren. Ich konnte keinen Einspruch mehr erheben, schließlich war sie ja schon bei ihrer Mutter.

„Hast du denn wenigstens die Stromrechnung bezahlt?", fragte ich besorgt. „Nein", antwortete sie verschämt. „Die hatten leider schon zu. Aber wenn ich wiederkomme, dann geh ich sofort hin und bezahle. Mach dir mal keine Sorgen, die zwei Tage können die auch noch warten." Sie ahnte nicht, was sie damit angerichtet hatte.

Am nächsten Tag um 16 Uhr kamen die Hochzeitsgäste. Da es noch taghell war, sorgte ich mich nicht um den Strom. Noch klappte alles. Es gab Kaffee und Kuchen und für den Abend war ein Buffet bestellt, das wir schon vorbereitet hatten. Es brauchten nur noch die diversen Suppen erhitzt werden. Für Musik sorgte unser Kassettenrecorder.

Um Punkt 17 Uhr jedoch hörte die Musik auf zu spielen. Erst dachte ich, dass es an dem Recorder lag. Aber als ich das Licht anmachen wollte, um besser sehen zu können, blieb es dunkel. Wir hatten keinen Strom mehr. Es wurde zunehmend dunkler und die aufgebrachte Gesellschaft konnte ich nicht mehr aufhalten. Unter lauten Beschimpfungen verließen sie unser Lokal, ohne auch nur eine Mark zu bezahlen. Da nutzten keine Entschuldigungen und keine Bitten, kurz zu warten, es könne doch nur ein Versehen sein. Auch ein Versuch, die Stadtwerke zu erreichen, schlug fehl. So saß ich nun im Dunkeln ohne die Möglichkeit, die Situation irgendwie zu bereinigen. Das war es nun also. Der Traum von Glück und Freiheit endete in einer Katastrophe.

Verzweifelt saß ich nun mit Peter bei Kerzenlicht an unserer Theke. Er machte eine Flasche Whisky auf, die wir langsam leerten, wobei wir Lisa in einer Tour beschimpften. Je später und je dunkler es wurde, umso weniger kümmerte mich alles. Ich leerte unsere Wechselgeldkasse mit immerhin 200 DM und fuhr mit meinem Schwager in die Stadt. Meine Absicht war, nun auch noch den Rest des Geldes durchzubringen, war doch eh schon alles verloren. Es muss wohl an meiner maßlosen Wut und an meinem mittlerweile enormen Alkoholpegel gelegen haben, aber irgendwie landeten wir im Rotlichtviertel. Von unserem letzten Geld ließen wir uns verwöhnen, bevor wir singend und lachend den Heimweg antraten.

Am nächsten Nachmittag kam Lisa endlich von ihrem spontanen Ausflug zurück. Ihr Entsetzen war ihr anzusehen, als sie von der geplatzten Hochzeitsfeier erfuhr. Auch dass wir keinen Strom mehr hatten, was ja schließlich ihre Schuld war, machte sie wütend. Sie schrie und beschimpfte lautstark die Stadtwerke, doch Einsicht zeigte sie nicht. Nachdem sie sich beruhigt hatte, nahm sie mich in den Arm.

„Entschuldige bitte", hauchte sie mir leise ins Ohr. „Ich hab das alles nicht gewollt. Aber ich hab dir auch was Schönes mitgebracht." Sie ging ins Schlafzimmer, wühlte in ihrer Tasche und zog einen roten BH hervor. „Schau mal, du liebst doch Rot so an mir. Ich hoffe, er gefällt dir, wenn ich ihn anhabe."

Ich war fassungslos: eine geplatzte Feier, die uns finanziell ruinierte, kein Strom mehr, die Wechselgeldkasse geplündert und alles in den Puff gebracht und nun als Dank einen roten BH.

Lag es vielleicht nur an ihrer Jugend oder war sie wirklich so dumm, dass sie das alles nicht begriff?

Neu begonnen, schon zerronnen

In den nächsten Wochen und Monaten kämpften wir weiter um unsere Existenz. Mit den Stadtwerken hatten wir den Kompromiss geschlossen, unsere Schuld in Raten zu begleichen. Allerdings hatte es sich schnell im Ort herumgesprochen und so verloren wir weitere Stammgäste. Hinter vorgehaltener Hand lästerte man über uns.

Jeden Abend, Punkt 19 Uhr, kam Frank, ein Stammgast, der, nachdem er seine 20 Bier getrunken hatte, von seiner Frau Anja mit dem Auto abgeholt wurde. Er arbeitete im Bergbau und lief jeden Abend nach der Arbeit seine zehn Kilometer an der frischen Luft. Sein Ziel war immer unsere Gaststätte. Gegen 21 Uhr gesellte sich seine Frau dazu, die ihren reichlich angeheiterten Mann in Empfang nahm. Sie war eine sehr gepflegte Frau und an ihrer Kleidung konnte man sehen, dass sie ihre Outfits nur in Boutiquen kaufte. Ihr tägliches Vergnügen bestand darin, sich jeden Morgen von ihrem Friseur die Haare machen zu lassen. Arbeit hatte sie noch nie gekannt, da ihr Mann gut verdiente. Frank war bald mein einziger Gast, der uns noch treu geblieben war, und so freundeten wir uns mit der Zeit auch an. Hin und wieder besuchte ich ihn auch zu Hause, wo man mich dann zum Essen einlud. Auch einen gemeinsamen Wochenendausflug nur mit Männern unternahmen wir nach Norderney.

Da war sie wieder, meine große Sehnsucht nach Freiheit, hatte ich doch recht gute Erinnerungen an diese Insel. Ach, könnte ich nur hierbleiben, könnte ich nur alles hinter mir lassen! Aber es ging nicht, schließlich hatte ich zu Hause eine Familie, die auf mich wartete, obwohl von einem Familienleben mittlerweile kaum noch die Rede sein konnte, nur meine kleine Nina hielt mich im Grunde zurück.

Ende des Jahres war es dann so weit, wir lagen schon wieder mit zwei Pachten zurück. So wurde uns der Pachtvertrag und die Wohnung gekündigt, die wir dann binnen vier Wochen räumen mussten. Wir waren verzweifelt, da wir in unserer Lage keine Chance hatten, eine neue Wohnung zu finden. Sollten wir nun endlich ganz unten angekommen sein?

Als Dieter, unser Bierverleger und Freund, von unserer misslichen Lage hörte, bot er uns ein neues Objekt an. Es war eine Ganztagesgaststätte mit einer großen Wohnung. Der bisher erbrachte Umsatz sei überaus gut, so dass man allein von der Gaststätte leben könne. Nur, und das sei eine Bedingung, müsse ich bei meiner Firma kündigen. Auch dürfe Peter nicht mehr mit dabei sein und müsse wieder zurück nach Wesseling fahren. Also schauten wir uns die Gaststätte und die Wohnung an und waren sofort begeistert. Zudem hatte sie noch den Vorteil, dass sie sich in einem anderen Stadtteil befand, wo man uns nicht kannte. Ohne viel darüber nachzudenken, unterschrieben wir den Vertrag. Die Neueröffnung schon vier Wochen später war ein großer Erfolg, unsere erste Einnahme betrug über 1000 DM. Sollten wir es doch endlich schaffen? Wir waren voller Hoffnung und Zuversicht. Zwar musste die komplette Wohnung neu renoviert werden, aber dafür brauchten wir in der Gaststätte nirgends Hand anlegen. Unsere Ware konnten wir nur gegen Vorkasse beziehen, worin wir jedoch kein Problem sahen.

Mit viel Liebe renovierten wir das Kinderzimmer, damit Nina ihr erstes eigenes Reich hatte. Unser Schlafzimmer war auch schnell renoviert und somit war der Neuanfang geschafft. Das Wohnzimmer glich einer großen Baustelle, da wir dort zunächst unsere auseinandergebauten Möbel unterstellten.

Da ich das Lokal schon morgens um elf Uhr öffnete und erst nachts gegen zwei Uhr wieder schloss, sollte mich Lisa in den Nachmittagsstunden ablösen. In den ersten Wochen klappte es auch recht gut, bis Lisa anfing, unsere Gäste nach Sympathien auszusortieren. Erst am Abend erfuhr ich von den Gästen, wer mal wieder Lokalverbot bekommen hatte. Ich muss gestehen, dass ein Großteil unserer Gäste schon mal mit dem Gesetz in Konflikt geraten war. Eh man sich versah, kamen am Freitagabend schnell mal 100 Jahre Gefängnis zusammen. So verkehrten unter anderem auch zwei Täter bei mir, die nicht mal vier Wochen zuvor einen großen Supermarkt überfallen hatten. Sie brüsteten sich damit und schmissen nur so mit dem Geld um sich. Mir sollte es nur recht sein, denn ich machte gute Kasse dadurch. Angst vor einem Verrat mussten sie nicht haben, da ja fast alle Gäste irgendwie bei der Polizei registriert waren. Auch die Rockergruppe Hells Angels gehörte hin und

118

wieder zu meinen Gästen. Da meine Existenz ja schließlich von meinen Gästen abhing, musste ich über alles schweigen, anderenfalls drohte man meine Familie und unser Lokal zusammenzuschlagen.

Mit der Zeit begriff ich, warum man mir dieses Lokal angeboten hatte: Keiner wollte hierhin, keiner wollte sich so in Gefahr begeben.

Lisa kam auch nur noch gelegentlich, dann saß sie vor der Theke, um mit unseren Gästen zu trinken. Hauptsächlich jedoch verbrachte sie ihre Zeit vor dem Videoplayer. Immer noch lieh sie sich täglich bis zu drei Filme aus, die sie sich genüsslich vom Bett aus ansah. Darunter hatte vor allem Nina zu leiden, die kaum an die Luft kam oder mit gleichaltrigen Kindern spielen konnte. Alles Zureden war vergebens, und so kam es, dass ich Nina mit drei Jahren das erste Mal zum Spielplatz brachte. Vor Freude konnte sie es kaum fassen, all die schönen Spielgeräte, im Sand wühlen, die Schaukel und die Rutsche, am liebsten hätte sie alles gleichzeitig benutzt. Auch erste vorsichtige Kontakte mit gleichaltrigen Kindern wurden geknüpft. Nina schien das glücklichste Kind der Welt zu sein. Wieder zu Hause angekommen, gab Lisa nur einen Kommentar ab: „Na, warst du mit Papa auf dem Spielplatz? Hast dich aber ganz schön eingesaut. Nun muss Mama zusehen, wie sie die Sachen wieder sauber bekommt." War das denn ihre einzige Sorge? Konnte sie sich nicht mit unserer Kleinen freuen? Es war mir ein Rätsel.

In den nächsten Wochen baute ich unseren Umsatz stetig aus. Selbst Dieter war sichtlich begeistert. Die Fußball-Weltmeisterschaft nahte und ich plante, unsere ziemlich große Gaststätte in einen kleinen Kinosaal umzubauen. Dazu lieh ich mir von einem Verleiher einen riesigen Fernseher und richtete die Stühle zu Sitzreihen aus, unterbrochen von kleinen Stehtischen. Zu den besten Spielen verkaufte ich Eintrittskarten, was von meinen Gästen gut angenommen wurde. So hatte ich nur die besten Gäste und keine Schlägertypen bei mir. Der Andrang war immens und ich musste mich nach einer zusätzlichen Bedienung umsehen. Hier bot sich Anja an, die Frau meines Freundes Frank, die von ihren Besuchen schon einige meiner Stammgäste kannte, und ich nahm ihre Hilfe gern an. Wir machten einen hervorragenden Umsatz und schon bald war Anja bei meinen Gästen äußerst beliebt. Lisa ließ sich nun überhaupt nicht mehr in der Gaststätte sehen. Entweder fuhr sie übers Wochenende zu ihrer Mutter oder ging mit einer mir unbekannten Person spazieren. Den Kontakt zu Uwe hatte sie ja angeblich abgebrochen. Ansonsten traf ich sie nur noch im Bett vor laufendem Videofilm an.

Nach und nach versuchte ich unsere Wohnung zu renovieren. So hatte ich schon den Flur und das Badezimmer neu gestaltet, wo wir endlich richtig duschen und baden konnten. Es schien mir, als ginge es allmählich bergauf.

Es war an einem Freitag, als sich alles veränderte. Morgens um elf Uhr öffnete ich unsere Gaststätte und musste bald feststellen, dass mir die Cola ausging. Gott sei Dank kam Lisa von einem ihrer Spaziergänge zurück, setzte sich an die Theke und bestellte sich eine Cola. „Bitte Lisa, mir geht die Cola aus. Kannst du im Getränkemarkt ein paar Flaschen holen?", fragte ich sie.

„Kein Problem", antwortete sie mit einem Blick zu ihrer rechten Seite. Dort hatte sich vor zehn Minuten Manni hingesetzt, ein junger Arbeitsloser, der uns jeden Morgen besuchte.

„Ich kann doch Lisa schnell mit dem Wagen zum Markt fahren", bot er an. „Dann können wir doch gleich zwei, drei Kisten kaufen." Ich fand die Idee gut und willigte ein. Der Markt war ja nur fünf Minuten entfernt und so rechnete ich mit einer schnellen Erledigung.

Es war schon fast halb eins, als ein Gast eine Cola bestellte und mir auffiel, dass Lisa immer noch nicht zurück war. Ich machte mir Sorgen und fragte einen Freund von Manni, wo die zwei wohl nur blieben. Er senkte den Kopf, lächelte verlegen und antwortete: „Hast du denn keine Ahnung, wo deine Lisa jetzt wohl ist?"

Ich ahnte Schlimmes, aber sie hatte unsere Nina mitgenommen, also konnte eigentlich nichts passieren. Schnell zapfte ich mehrere Gläser Bier voll, stellte sie auf die Theke zur freien Verfügung und eilte zu Mannis Wohnung fast gegenüber von unserer Kneipe. Die Haustür stand offen, und so konnte ich vor seiner Wohnungstür lauschen, ob jemand da war. Ich hörte Lisa und Manni zusammen lachen. Wütend hämmerte ich an die Tür und brüllte: „Sofort aufmachen oder ich trete die Tür ein!" Sekundenlang blieb es still in der Wohnung, dann öffnete Manni die Tür, nur in Jeans und Unterhemd. „Was willst du denn hier?", fragte er verlegen. „Lisa ist nicht hier, ich hab sie vor einer Stunde vor deiner Kneipe abgesetzt. Sie wollte irgendwo anders Cola holen, da im Markt alles ausverkauft war."

„Wo ist sie?", schrie ich ihn an und stürmte in seine Wohnung. Vom Flur aus ging es direkt zur Küche, wo ich auf eine verschlossene Tür blickte. „Mach die Tür auf oder ich trete sie ein!" Manni wusste nicht, wie er sich verhalten sollte, er war sichtlich nervös. „Bitte glaub mir, sie ist nicht hier", stotterte er, „und die Tür kann ich nicht aufmachen, ich hab keinen Schlüssel." Ich schrie ihn erneut an: „Mach die Tür auf oder ich trete sie ein!" Dabei schlug ich mit der Faust fest an die Tür.

Ein Schlüssel drehte sich im Schloss von der anderen Seite und die Tür wurde geöffnet. Lisa stand vor mir, nur mit ihrem Slip bekleidet. Vor dem Fernseher saß meine kleine Nina, die von alldem wohl nichts mitbekam, denn sie schaute sich einen Zeichentrickfilm an. Erbost fauchte Lisa mich an: „Was willst du denn hier? Ich wollte doch nur duschen, das ist ja wohl nicht verboten." Ich konnte es nicht glauben, wie dreist sie log. „Duschen hier im Wohnzimmer? Und wo sind deine Kleider?" Darauf konnte sie nicht mehr antworten, war es doch offensichtlich, was hier passiert war.

Wütend ließ ich sie stehen und ging zur Gaststätte zurück. Als Lisa kurz darauf nach Hause kam, packte sie wortlos ihren Koffer und machte sich mit Nina auf den Weg zu ihrer Mutter. Mir war es nur recht, denn mit einer Aussprache oder Versöhnung war im Augenblick sowieso nicht zu rechnen.

Eine Woche verging, ohne dass ich was von ihr hörte. In der Gaststätte lief es gut, hatte ich doch zur Unterstützung noch Anja, die nun jeden Abend kam. Sie blieb immer so lange, bis der letzte Gast gegangen war. Dann saßen wir noch auf einen Absacker zusammen und sprachen über unsere Probleme. Dabei musste ich feststellen, dass auch Anja, die schon über zehn Jahre verheiratet war, große Probleme zu Hause hatte. Es lag wohl am Alkohol, dass sie mir gestand, sie hätte noch nie einen Orgasmus gehabt und überhaupt nur alle paar Monate Sex. So kam es, dass wir uns gegenseitig trösteten und uns dabei näherkamen, eine kleine Umarmung, ein erster Kuss, aber mehr nicht.

Eines Morgens nach einem trinkfreudigen Frühschoppen konnte ich nicht mehr klar denken, geschweige denn noch gerade laufen. Also rief ich Anja an, ob sie mich nicht ablösen könne. Sie kam sofort und so konnte ich mich in meinem Rausch vor die Theke setzen und auf den Feierabend warten, um dann die Gaststätte abzuschließen. Anja hakte sich bei mir ein, um mich nach oben ins Schlafzimmer zu bringen. Sie setzte mich auf das Bett und half mir dabei, mich von meinen Schuhen zu trennen. Ich ließ mich nach hinten fallen, um sie mit einem Lächeln auf den Lippen erwartungsvoll zu fragen: „Und was ist mit dem Rest?" Sie reagierte sofort. „Nun warte doch erst mal ab", hauchte sie. „Alte Frau ist doch kein D-Zug." Sie öffnete meinen Gürtel und zog mir mit einem Ruck die Hose aus. Dabei packte ich sie und riss sie zu mir runter. Mit wenigen Griffen hatte auch ich sie entkleidet und so kam das, was kommen musste, wie von Sinnen trieben wir es, wild und lange und ausdauernd. Hinterher gestand sie mir, dass sie so etwas noch nie erlebt hätte und nur zu gern jederzeit wiederholen wolle. Damit war die nächste Katastrophe geboren. Zu diesem Zeitpunkt ahnte ich noch nicht, was da auf mich zukam, sonst hätte ich alles dafür gegeben, um es rückgängig zu machen.

Am nächsten Tag erzählte mir Anja, sie sei zu dem Entschluss gekommen, sich von ihrem Mann zu trennen, und wolle ein neues Leben mit mir beginnen, da sie sich wahnsinnig in mich verliebt habe. Sie würde ihrem Mann die Wahrheit sagen und die Scheidung einreichen. Ich war bestürzt, war Frank doch mein Freund.

Lisa war schon über vier Wochen bei ihrer Mutter. Hin und wieder rief sie an, um zu erfahren, was es Neues gab. Doch irgendein Vögelchen musste ihr von Anja berichtet haben, dass sie nun jeden Abend bis zum Schluss in der Kneipe saß und auch darüber hinaus. Wir stritten uns viel am Telefon und so blieb es letztlich nicht aus, dass auch wir die Scheidung einreichten. Es gab keinen Grund mehr, unsere Ehe aufrechtzuerhalten.

DESASTER

Die Zeit verging und die Dinge begannen sich neu zu ordnen. Anja war mittlerweile zu Hause ausgezogen und lebte in einem Frauenhaus. Jeden Abend half sie mir in der Gaststätte. Hin und wieder besuchte mich Frank, um nach Anja zu suchen, aber sie versteckte sich immer, wenn er kam. Schließlich konfrontierte er mich damit, dass ich wohl der Grund für die Trennung von seiner Frau sei. Er wünschte mir viel Glück und ich versprach ihm, auf Anja aufzupassen. Von nun an konnte sie ohne Angst bei mir wohnen.

Alles schien im besten Einklang zu sein. Unser Umsatz stieg stetig, und so konnten wir uns mit neuen Möbeln einrichten. Als Erstes schafften wir uns ein neues Schlafzimmer an, denn Anja wollte nicht in dem Bett liegen, in dem einst Lisa geschlafen hatte.

Lisa dagegen hatte sich in Wesseling mittlerweile auch ein neues Zuhause geschaffen. Sie hatte nun eine kleine Wohnung, in der sie mit ihrem neuen Partner und unserer Tochter lebte. Jeden Monat ließ ich ihr 500 DM an Unterhalt zukommen, obwohl es in dieser Höhe gar nicht nötig gewesen wäre. Alle 14 Tage besuchte ich meine kleine Nina. Anfangs durfte ich sie immer nur auf einem Spielplatz oder in einem Park treffen, doch mit der Zeit wurde ich auch mal zum Kaffee bei Lisa eingeladen. Schließlich wollte Nina mir ja auch mal ihre Spielsachen und ihr Bettchen zeigen.

Anja jedoch war mit diesen Hausbesuchen nicht einverstanden, und so kam es immer öfter zum Streit, wenn ich von meinen Besuchen zurückkam. Ich musste ihr deshalb versprechen, Lisas Wohnung nicht mehr zu betreten, wenn ich zu meiner Tochter fuhr. Das war aber nicht immer möglich, schließlich konnte ich an Regentagen nicht draußen mit Nina spielen.

Eines Tages war sie nicht da, obwohl mein Besuch mit Lisa abgesprochen war. Ich solle mir keine Sorgen machen, Nina sei auf einer Geburtstagsfeier bei ihrer Freundin, komme aber bald nach Hause. Lisa tröstete mich und bot mir so lange einen Kaffee an. Ich ließ mich darauf ein und so warteten wir gemeinsam in der Küche. Lisa hatte sich so zurechtgemacht, als wollte sie mir imponieren. Sie trug ein schönes Dirndl mit einem tiefen Ausschnitt. Da wir uns gegenübersaßen, ließ sie mitunter wie zufällig etwas fallen, einen Kugelschreiber, mit dem sie verlegen spielte, oder ihren Kaffeelöffel. Dabei gewährte sie mir immer einen tiefen Einblick in ihren Ausschnitt. Auch ihr Rock war ein wenig zu kurz geraten, was besonders auffiel, wenn sie ihre Beine übereinanderlegte. Wir sprachen von früher, als unsere Welt noch in Ordnung war, und es schien so, als ob wir beide unsere Trennung bereuen würden. Wir erinnerten uns an die schönen Zeiten und an unser Liebesleben.

Nach über einer Stunde des Wartens entschloss ich mich, ohne ein Wiedersehen mit meiner Tochter nach Hause zu fahren. Auf dem Weg zur Tür kamen wir am Schlafzimmer vorbei und Lisa hielt mich fest. „Hast du schon mein neues Schlafzimmer gesehen?" Mit einem schnellen Griff zog sie mich ins Zimmer und schubste mich auf das Bett. Es war klar, was sie vorhatte, denn ihr neuer Partner war auf der Arbeit und Nina auf einer Feier. Noch waren wir ja verheiratet und so ließ ich meinen aufgestauten Gefühlen freien Lauf. Wir rissen uns gegenseitig die Kleider vom Leib, wobei Lisa mir die gewagtesten Liebeserklärungen machte. Sie stöhnte und schrie voller Wollust und schlug dabei wie wild auf das Bett, so dass ich fast erwartete, es würde bald zusammenbrechen. Das hatte ich bei ihr noch nie erlebt und irgendwie war ich traurig, dass nun alles vorbei war.

Zwei Tage später brachte der Postbote Anja ein kleines Päckchen in die Gaststätte. Darin befand sich eine Kassette, die sie verwundert sofort abspielte. Wir dachten uns nichts weiter dabei, obwohl der Absenderstempel aus Wesseling stammte. Was wir dann hörten, wünschte man seinem schlimmsten Feind nicht. Es war der komplette Geschlechtsverkehr von Lisa und mir, das lustvolle Gestöhne, die gierigen Schreie, das Schlagen aufs Bett und unsere Liebeserklärungen. Ehe ich mich versah, flog mir ein Schlüsselbund ins Kreuz. Anja fing an zu schreien und warf Gläser von der Theke. Unsere letzten beiden Gäste wurden, ohne dass sie bezahlen mussten, sofort rausgeworfen. Ich konnte Anja nicht beruhigen, geschweige denn um eine Aussprache bitten. Sie war in einem Wutrausch, alles was ihr in die Hände kam, warf sie nach mir. Es blieb mir nichts anderes mehr übrig, als das Haus zu verlassen. So irrte ich bis in die Abendstunden verzweifelt durch die Gegend. Als ich wieder Mut fasste und nach Hause ging, fand ich unser Lokal geschlossen vor. Im Schankraum saß Anja vor einer leeren Flasche Campari und weinte bitterlich. Sie hatte ihren Koffer neben sich stehen und wollte wieder ins Frauenhaus gehen, war aber viel zu betrunken. Also brachte ich sie erst mal ins

Bett, um den nächsten Tag abzuwarten. Die Gaststätte ließ ich zwei Tage geschlossen, damit sich alles wieder beruhigen konnte.

Schnell hatte sich mein Missgeschick in der Siedlung herumgesprochen und jeder, der mich sah, grinste mich anprangernd an. Mir schien, als ob jeder mit dem Finger nach mir zeigte. Da Anja mittlerweile bei meinen Gästen sehr beliebt war, wurde ich von manchen Gästen gemieden. Man wollte sich in meiner eigenen Gaststätte nicht mehr von mir bedienen lassen. Es hieß nur noch: „Anja, machst du mir bitte ein Bier." Wenn ich dann das Bier zapfte, ließ man es stehen. Die Situation wurde immer unerträglicher für mich, und so beschloss ich, mir eine Auszeit von ein paar Tagen zu nehmen, bis sich die Situation klärte.

Anja merkte, wie ich litt, und so ließ sie es zu einer Aussprache kommen. Nachdem ich ihr die damalige Situation bei Lisa erklärt hatte, konnte sie mich sogar verstehen. Sie liebte mich ja und spürte, dass ich langsam am Ende war. So verzieh sie mir und bemühte sich auch darum, dass meine Gäste mich wieder akzeptierten. Aber so ganz klappte das nicht mehr, ich hatte nun einen schlechten Ruf.

Dann eskalierte die Situation. Es war an einem Samstag, um 18 Uhr betraten zwei Rocker in voller Montur unser Lokal, setzten sich breit vor den Tresen, legten ihre Klappmesser auf die Theke und bestellten eine Flasche Bacardi. „Du hast also unsere Anja mit deiner Schlampe betrogen?", grölten sie. „Du weißt, was das heißt?" Ich bekam es mit der Angst zu tun, wusste ich doch nicht, was diese finsteren Gesellen im Suff vorhatten. „Gleich kommen noch mehr aus unserer Gruppe und dann kann dich morgen deine Anja im Krankenhaus besuchen."

Dabei spielten sie mit ihren Messern. Meine Angst war unbeschreiblich und ich hoffte inständig, dass endlich noch mehr Gäste kommen würden. Doch keiner kam rein, da die Rocker den Eingang mit ihren schweren Maschinen versperrten. Gegen 20 Uhr verließen sie endlich das Lokal mit der Drohung, gleich mit anderen wiederzukommen. Kaum hatten sie das Lokal verlassen, schlossen wir ab und bestellten uns ein Taxi, um uns erst mal in Sicherheit zu bringen. Erst spät in der Nacht trauten wir uns wieder zurück.

All das blieb natürlich nicht ohne Folgen und so ging unser Umsatz stetig zurück. Doch wir kämpften um jeden Gast. Anja arbeitete nun schon seit über drei Monaten zusammen mit mir in der Gaststätte und hatte alles mit viel Liebe dekoriert. Auf den Fensterbänken standen frische Blumen und auf den Tischen lagen neue Tischdecken. Die Rocker hatten Lokalverbot bekommen und auch sonst hatten wir angenehmere Gäste. Lisa machte keinen Ärger und meine Nina konnte ich auch ohne Probleme alle 14 Tage besuchen. Finanziell kamen wir über die Runden und man hätte glauben können, es ginge endlich aufwärts. Doch bald schon bahnte sich die nächste Katastrophe an.

An einem Sonntag waren wir zu einer Verkaufsmesse der Gaststätteninnung eingeladen. Gegen 14 Uhr trafen wir uns mit unserem Bierverleger Dieter, um uns von den Köstlichkeiten der Messe verwöhnen zu lassen. Um 16 Uhr erreichte uns ein Anruf, dass in unserer Gaststätte eingebrochen worden war. Sofort fuhren wir zurück, um nach dem Rechten zu sehen. Was dann geschah, veränderte mein gesamtes Leben.

Vor unserer Tür sahen wir schon einen Lieferwagen mit Kölner Kennzeichen stehen. Mir war sofort klar, wer sich da gewaltsam Zutritt verschafft hatte: Es konnte nur Lisa sein. Da es an diesem Tag schon recht warm war, hatten wir ein Seitenfenster auf Kipp gestellt. Sofort sah ich, dass es gewaltsam geöffnet worden war. Ein Blick durch das Fenster bestätigte meine Vermutung. Vor dem Tresen konnte ich drei laut lachende Gestalten erkennen. Anja bekam es mit der Angst zu tun und flüchtete zu einem Nachbarn. Mit Dieter, der ja auch unser Verpächter und Eigentümer des Lokals war, öffnete ich die Eingangstür. Kaum hatte ich das Lokal betreten, trafen mich auch schon Fäuste ins Gesicht. Bevor ich irgendwas begreifen konnte, lag ich auf dem Boden, über mir meine tretende und schlagende Ex-Frau. Schnell war ich wieder auf den Füßen und setzte mich so gut wie möglich zur Wehr. Wild schlugen wir aufeinander ein, wobei ich mir den Daumen ausrenkte, was mich für einen Moment außer Gefecht setzte. Nur Dieters Eingreifen konnte Schlimmeres verhindern. Erst jetzt bemerkte ich die beiden kräftigen Gestalten, die grinsend am Tresen saßen und die Lisa zum Schutz mitgebracht hatte.

Als sich die Gemüter etwas beruhigt hatten, erfasste ich erst das ganze Ausmaß der Verwüstung. Das gesamte Lokal war ein Trümmerfeld. Der Boden war übersät mit zerbrochenen Gläsern. Sämtliche Blumengestecke und alle neuen Tischdecken waren ringsum verstreut. Es war unmöglich, das Lokal am Abend zu öffnen.

Lisa erklärte mir, dass sie eigentlich nur das Kinderzimmer abholen wollte. Aber als sie dann das neue Schlafzimmer sah, hätte sie die Nerven verloren. „Ich habe nie ein neues Schlafzimmer bekommen, aber dieser Schlampe kaufst du eins!", schrie sie.

In diesem Moment hasste ich Lisa so sehr, dass ich sie am liebsten umgebracht hätte, wenn ich die Möglichkeit gehabt hätte. Obwohl ich in der Kasse einen Revolver liegen hatte, konnte ich nichts damit anfangen, da ich keine Munition besaß. Doch ich holte ihn provozierend hervor und spielte damit herum, woraufhin Lisas Begleiter vorsichtshalber das Lokal verließen. Auch Lisa verabschiedete sich mit lautstarken Beschimpfungen und Beleidigungen.

Nachdem sie verschwunden waren, traute sich Anja wieder zurück. Dieter riet uns, dass wir das Lokal geschlossen lassen sollten, bis alles wieder aufgeräumt war und bis sich die Situation etwas beruhigt hatte. Durch den Lärm wurden auch einige Anwohner auf den Streit aufmerksam, so dass die Geschichte in der Siedlung schnell die Runde machte. Ich war mit meinen Nerven ohnehin am Ende, aber nachdem wir das größte Chaos im Lokal beseitigt hatten und alles zum Mülleimer auf dem Hinterhof brachten, erwartete uns der nächste Schock.

Die komplette Wäsche von Anja lag dort im Dreck, überschüttet mit einem vollen Kübel Waschpulver vermengt mit unserem Mittagessen, das Anja für uns schon vorgekocht hatte. Ihre teure Pelzjacke und ihre Lederjacke waren nicht mehr wiederzuerkennen, da half auch keine Reinigung mehr. Sofort lief ich zur Wohnung hoch, denn ich ahnte Fürchterliches. Das Schlafzimmer war komplett verwüstet, die Sachen waren aus den Schränken gerissen worden. Die Küche konnte man kaum noch betreten. Überall lagen Lebensmittel auf dem Boden, unser Kochgeschirr lag samt Inhalt draußen auf dem Hof. Anja bekam einen Weinkrampf, ich konnte sie nicht mehr beruhigen. Sie schrie nur noch: „Ich gehe, ich mach das nicht mehr mit! Verzeih mir, aber ich ziehe aus!"

Noch am gleichen Tag packte sie ihre noch zu rettenden Sachen ein. Ihre guten Jacken wurden im Müll entsorgt. Und so verließ sie die Wohnung, um zu einer Freundin zu ziehen.

Nun war ich mit dem ganzen Elend allein. Von allen verlassen saß ich verzweifelt auf meinem Bett. Meine Hand schmerzte von dem ausgerenkten Daumen, das Lokal war trotz eines Aufräumversuchs immer noch heillos verwüstet, Anja hatte das Weite gesucht. Was blieb mir noch? Ich wusste nicht mehr, wie es weitergehen sollte. In meiner Verzweiflung fasste ich einen bösen Entschluss und schaute zur Decke hoch.

Das war's, dachte ich, Schluss mit allem machen, vielleicht bin ich dann endlich frei. So suchte ich mir einen passenden Strick und stellte mich am Fußende auf das Bett. Mit ein paar schnellen Griffen hatte ich das Seilende an der Lampenhalterung angebracht, nur jetzt nicht nachdenken, das andere Ende legte ich mir um den Hals und mit einem Ruck sprang ich von der Bettkante.

Aber das Schicksal hatte noch anderes mit mir vor. Unter lautem Getöse fand ich mich auf dem Bett wieder, inmitten einer Staubwolke und bedeckt mit jeder Menge Mörtel. Nicht mal das wollte klappen. So ging ich wieder nach unten zum Tresen und ließ mich hemmungslos volllaufen.

WIE EIN VOGEL IM KÄFIG

A m frühen Montagmorgen wurde ich durch lautes Gepolter auf dem Hof geweckt. Dieter stand mit einem LKW vor der Tür. „Sorry", entschuldigte er sich, „aber wir räumen das Lokal aus. Du bist, so leid es mir auch tut, mit sofortiger Wirkung gekündigt. Alles was an Ware noch von Wert ist, wird beschlagnahmt."

Das war es nun also, binnen drei Tagen musste ich die Wohnung verlassen, das Lokal durfte ich ab sofort nicht mehr betreten. Nun hatte ich meine Freiheit. Da ich nicht wusste wohin, blieb mir bald nur noch die Brücke.

Verzweifelt versuchte ich Anja zu finden und rief all ihre mir bekannten Freundinnen an. Am späten Abend hatte ich sie endlich gefunden. Sie war von den Ereignissen entsetzt und wir trafen uns noch in der Nacht. Durch ihre Freundin hatte sie Aussichten auf eine Wohnung und sie machte mir wieder Mut. Nur wollte ich nicht unbedingt mit Anja zusammenleben und suchte nach einer weiteren Möglichkeit.

In meiner Verzweiflung rief ich Lisa an, denn schließlich war sie ja schuld an dieser Misere. Sie hatte sich beruhigt und es hatte den Anschein, dass ihr alles sehr leid tat. So machte sie mir den Vorschlag, doch erst mal zu ihr nach Wesseling zu kommen. Man könne ja versuchen, ganz von vorn anzufangen. Von ihrem Partner habe sie sich getrennt und lebe nun wieder allein mit Nina. Sie redete mir gut zu und versprach, dass sie sich Arbeit suchen wolle, um unseren Schuldenberg abzubauen. Trotz all dem, was passiert war, fasste ich wieder Mut. Am nächsten Tag lieh ich mir einen Lieferwagen, lud meine mir verbliebenen Möbel, Waschmaschine, Trockner, Spülmaschine und unseren Wohnzimmerschrank ein und fuhr zuversichtlich nach Wesseling.

Da ich den Wagen am folgenden Tag wieder abgeben musste, räumten wir alles sofort aus. Anschließend ließ mir Lisa ein Bad ein, denn ich war vom Transport und der ganzen Schlepperei fix und fertig. Plötzlich hörte ich Stimmen im Wohnzimmer, Lisas Ex war zurückgekommen und flehte Lisa an, sie solle ihn doch wieder aufnehmen. Er weinte bitterlich und drohte mit Selbstmord, wenn sie ihn verstoßen würde. Nach zehn Minuten kam Lisa mit Tränen in den Augen ins Badezimmer, hockte sich zu mir und hielt meine Hand. Mit leiser Stimme bat sie um Verzeihung, aber sie könne ihn nicht allein lassen. Ich müsse das verstehen, da sie ihn schließlich immer noch liebe. Ich dagegen würde meinen Weg schon machen, denn ich sei ja stark. Meine mir noch verbliebenen Sachen könnte ich ja bei ihr im Keller so lange unterstellen, bis ich selbst wieder eine eigene Wohnung gefunden hätte.

Somit lag ich nun endgültig bald auf der Straße. Zwei Tage konnte ich zwar noch in meiner alten Wohnung schlafen, aber was sollte ich da, hatte ich doch nun nichts mehr außer einem Koffer mit ein paar Kleidungsstücken. Alles wieder einzuladen, dazu hatte ich keine Kraft mehr und so entschloss ich mich, die Nacht im Lieferwagen zu verbringen. Damit mich Lisa nicht sah, fuhr ich auf der Autobahn einen Rastplatz an, um die Nacht dort zu verbringen.

Am Morgen rief ich Anja an, denn sie war in dieser Situation der einzige Mensch, mit dem ich in meiner Verzweiflung noch reden wollte. Ich war überrascht, als ich hörte, sie habe eine neue Wohnung mit gebrauchten Möbeln und das Schlafzimmer sei auch schon aufgebaut, ich möge doch gleich vorbeikommen und mir keine Sorgen machen.

Von Weitem sah ich sie schon wartend am Fenster stehen. Sobald sie mich sah, kam sie mir gleichzeitig weinend und lachend entgegengelaufen. „Hat sie dich rausgeschmissen?", war ihre erste Frage, um gleich fortzufahren: „Bleibst du nun bei mir?" Ich konnte nicht darauf antworten, mich plagten noch die ganzen Erlebnisse der letzten Tage, erst musste ich mal zur Ruhe kommen. Anja aber war viel zu aufgedreht und zeigte mir gleich ihre kleine Wohnung, zwei Zimmer mit Küche und Bad. Im Schlafzimmer warf sie mich auf das Bett und nötigte mich in ihrem Glücksgefühl zum Sex. Dabei hauchte sie mir immer wieder zu: „Bitte, bitte bleib bei mir."

Beim gemeinsamen Abendessen in einer kleinen Pizzeria plante sie ununterbrochen für unsere Zukunft. „Morgen leihen wir uns noch mal einen Lieferwagen, dann fahren wir nach Wesseling und holen deine Sachen zurück." Ich konnte ihr nicht widersprechen, hatte im Moment auch keine Kraft dazu, wusste ich doch noch gar nicht, wie es mit mir weiterging. Eins aber war mir völlig klar: nicht bei Anja zu bleiben. Nie wieder wollte ich eine feste Bindung aus einer Notlage heraus eingehen.

Am nächsten Morgen, ich war schon früh auf, wollte ich das Frühstück mit frischen Brötchen machen. Anja schlief noch, ich deckte den Tisch und machte mich fertig, um zum Bäcker zu gehen. Doch leider war die Wohnungstür verschlossen und nirgends ein Schlüssel zu sehen. Das Schlüsselbrett war leer und ich durchsuchte ihre Handtasche. Aber ich konnte den Wohnungsschlüssel nicht finden. Von meinem Gerumpel wurde Anja wach und fragte überrascht: „Was suchst du denn?"

„Den Schlüssel, ich will Brötchen holen, damit wir lecker frühstücken können."

„Ach lass mal", lächelte sie. „Ich hol sofort Brötchen, du weißt ja nicht, wo der Bäcker ist." Schnell zog sie sich an und machte sich auf, um Brötchen zu holen. Von außen schloss sie die Tür wieder ab. Ich dachte mir erst nichts dabei, aber während des Frühstücks wollte ich dann doch wissen, warum die Tür verschlossen und der Schlüssel nicht auffindbar war. Sie entschuldigte sich ein wenig verlegen: „Ich habe nur abgeschlossen, weil die Gegend hier nicht ganz sicher ist. Es werden so viele Wohnungen in der Umgebung aufgebrochen." Ich ließ nicht locker. „Und warum hängt der Schlüssel nicht am Brett?", wollte ich wissen. „Ich hab ihn versehentlich mit ins Schlafzimmer genommen", antwortete sie mittlerweile schon fast erbost. Ich nahm das so hin und machte mir deshalb auch keine weiteren Gedanken.

Aber auch in den folgenden Tagen änderte sich nichts. Ich merkte, dass ich grundsätzlich eingeschlossen wurde. Nicht nur dass die Tür immer zu war, nein, den Schlüssel hatte Anja immer in Gewahrsam. Sämtliche Wege machten wir zusammen, selbst zum Arbeitsamt begleitete sie mich. Eines Abends sprach ich sie wieder darauf an. „Sei mir deshalb nicht böse", gestand sie unter Tränen, „aber ich habe Angst, dass du mich verlässt." Auch drängte sie immer wieder darauf, dass ich endlich meine Sachen von Lisa holte. Anjas besitzergreifende Art machte mir Angst, so wollte ich wirklich nicht weiterleben. Nur wohin sollte ich gehen? Im Moment hatte ich wohl keine andere Möglichkeit, als bei ihr zu bleiben. Wo war meine Sehnsucht nach Freiheit geblieben? Ich saß in einem Käfig fest, der sich auch nicht mehr so ohne Weiteres öffnen ließ.

Allmählich war es wieder an der Zeit, meine kleine Nina zu besuchen. Als ich Anja mit meinem Vorhaben konfrontierte, reagierte sie rabiat. Nach langer Diskussion konnte ich sie davon überzeugen, dass ich Sehnsucht nach meiner Tochter hatte. Sie jedoch konnte das nicht verstehen, denn schließlich hätte sie ja auch keine Sehnsucht nach ihrer Tochter. Ich fiel wie aus allen Wolken, hatte ich doch keine Ahnung, dass auch sie eine Tochter hatte. So erfuhr ich, dass ihre Tochter 17 Jahre alt sei und seit zwei Jahren bei ihrer Oma wohne. Schließlich willigte Anja ein unter der Bedingung, ich solle meinen Ausweis bei ihr hinterlegen, auch musste ich ihr versprechen, das Haus von Lisa nicht zu betreten.

Nun reichte es mir aber wirklich, ich musste hier raus, egal wohin, nur weg von hier! Von dem bisschen Arbeitslosengeld von knapp 600 DM konnte ich mir allerdings keine Wohnung leisten, geschweige denn leben. So bliebe nur noch, zurück zu meinen Eltern zu gehen, aber diese Schmach wollte ich mir nicht antun.

Heimlich packte ich meinen Koffer und versteckte ihn in einem unbeaufsichtigten Moment im Keller. Am nächsten Morgen sollte es dann so weit sein: Wenn Anja Brötchen holte, wollte ich diese Wohnung verlassen. Natürlich wurde die Tür wieder abgeschlossen, was mich jedoch nicht daran hinderte, sie mit einem Schraubenzieher zu öffnen. Schnell holte ich meine Sachen aus dem Keller und lief fluchtartig zur übernächsten Bushaltestelle, damit Anja, sollte sie mir folgen, mich nicht an der nächstgelegenen Haltestelle fand und die Verfolgung aufgab.

Aber wieder war das Glück nicht auf meiner Seite. Als Anja merkte, dass ich getürmt war, lief sie zur nächsten Bushaltestelle und setzte sich in den ersten Bus, der kam. Ihr Ziel war der Bahnhof, weil sie dachte, ich würde mit dem Zug fahren, was ich ja auch vorhatte. Als ich dann eine Haltestelle weiter einstieg, war Anja schon im Bus. Als sie mich sah, kam sie sofort zu mir. „Du steigst jetzt auf der Stelle mit mir aus oder ich mache hier so was von Krach", drohte sie mir, aber ich wollte nicht mehr aussteigen und wehrte auch ihren verzweifelten Griff nach meinem Koffer ab. Da schrie sie plötzlich laut auf: „Hilfe, Polizei! Dieser Mann hat mich gerade bestohlen, rufen Sie bitte sofort die Polizei!"

Ich war fassungslos, fielen doch sofort alle Blicke auf mich. „Komm jetzt mit oder ich schrei den ganzen Bus zusammen!" Mir blieb nichts anderes übrig, als mit ihr auszusteigen, um einem Aufstand zu entgehen. Draußen entriss sie mir den Koffer und packte mich kräftig am Arm, um mich wie einen hilflosen kleinen Jungen wieder mit zu ihr nach Hause zu schleppen. „Ich habe auch alles verloren, deinetwegen habe ich mich scheiden lassen, und nun willst du wieder zu deiner Schlampe Lisa ziehen!" Sie schimpfte ununterbrochen, ich konnte nichts mehr sagen, war ich doch am Boden zerstört und kam mir vor wie ein Häftling, der nach einem missglückten Fluchtversuch wieder eingefangen wurde.

Endlich dann, am 28. April 1987 morgens um neun Uhr, schlug für mich das Schicksal zum Guten um. Wir hatten beide Termine beim Arbeitsamt und saßen mit unseren gezogenen Nummern im Warteraum. Als Anja aufgerufen wurde, nutzte ich die Zeit, um mich an dem Computer im Wartesaal zu informieren. So gab ich wie von magischer Hand geführt meine Trauminsel Norderney ein. Ich war überrascht, wie viele freie Arbeitsstellen dort angeboten wurden. Also suchte ich mir zwei, drei Adressen aus und notierte sie mir. Als ich dann ins Büro gerufen wurde, um wieder einmal die Auskunft zu hören, es sei keine Stelle frei, legte ich das Suchergebnis von Norderney vor. „Kein Problem, ich kann ja mal für Sie dort anrufen", lächelte mich die nette Beamtin an. Es dauerte keine zehn Minuten und ich hatte einen Arbeitsvertrag. Mein Arbeitsverhältnis konnte schon zum 1. Mai beginnen. Da ich jedoch kein Fahrgeld hatte und auch sonst finanziell ziemlich am Ende war, nahm mich die Sekretärin mit zur Kasse im Arbeitsamt. Dort bekam ich ein Überbrückungsgeld von 1200 DM, das ich sofort im Strumpf versteckte. Anja bekam von alldem nichts mit und so verneinte ich natürlich ihre Frage, ob ich Arbeit gefunden hätte.

Zwei Tage blieben mir noch, bis mich ein Zug auf meine Trauminsel bringen würde. Nur jetzt nicht auffallen, dachte ich mir, das Geld sicher verwahren und das eben Nötigste an Wäsche zur Seite legen. Das Geld versteckte ich im Keller unter einem Treppenvorsprung. Da Anja meinen Koffer eingeschlossen hatte, blieb mir nur mein kleiner Aktenkoffer mit ein paar wichtigen Unterlagen.

Am Abend vor meiner Abreise konnte ich Anja überreden, doch mal wieder eine Flasche Campari zu holen, denn wir hätten ja schon lange keinen schönen Abend mehr gehabt. Mein Plan schien aufzugehen. Laufend füllte ich ihr Glas wieder nach, bis die Flasche leer war und Anja die nötige Bettschwere hatte. Eigentlich war es ein netter Abend, aber Anja hatte ja keine Ahnung, was ich vorhatte.

Die ganze Nacht konnte ich vor Aufregung nicht schlafen. Als Anja tief und fest schlief, holte ich mein bestes Hemd und meine beste Hose, ein paar Strümpfe sowie eine Garnitur Unterwäsche aus dem Schrank und verstaute sie in meinem Aktenkoffer. Vorsichtig öffnete ich mit dem Schraubenzieher die

Wohnungstür, um mich in den frühen Morgenstunden aus dem Haus schleichen zu können. Um sechs Uhr war es dann so weit, leise zog ich mich an, Anja schlief immer noch fest, und ich verließ die Wohnung.

In dem Moment, in dem ich die frische Luft spürte, kam ich mir vor wie der glücklichste Mensch auf der Welt. Am Bahnhof angekommen, musste ich noch über eine Stunde auf meinen Zug warten. Vorsichtshalber versteckte ich mich am Ende des Bahnsteigs, denn ich hatte immer noch Angst, dass Anja doch noch auftauchte.

Endlich um neun Uhr fünf kam mein Zug. Diese Uhrzeit werde ich nie vergessen, brachte sie doch eine einschneidende Änderung in meinem Leben. Erleichtert stieg ich ein und suchte mir einen Platz. Entspannt lehnte ich mich in meinem Sitz zurück, als plötzlich Anja auf dem Bahnsteig erschien. Inständig betete ich und machte mich ganz klein, bis der Zug endlich abfuhr. Ich sah sie noch, wie sie dem Zug hinterherschaute, ich hatte es mit knapper Not geschafft, ihr zu entkommen.

Ein neues Leben auf der Insel

Vier herrliche Stunden Bahnfahrt, die mich von Stunde zu Stunde glücklicher machten, es schien mir, als ob ich diese Welt für immer verlassen würde. Dann noch eine Stunde mit dem Schiff, das Schiff, das mich in die Freiheit bringen sollte. Ich erinnerte mich daran, wie ich vor 13 Jahren mit Tränen in den Augen in die entgegengesetzte Richtung zurückfuhr. Aber dieses Mal sollte es nicht passieren, das schwor ich mir.

Am Hafen angekommen, ließ ich mich mit einem Taxi zu meiner neuen Arbeitsstätte bringen. Sie kam mir vor wie eine etwas größere Frittenbude mit sechs Tischen. Die Chefin begrüßte mich sehr höflich und zeigte mir auch sofort meinen Arbeitsplatz. „Sie bekommen 1200 Mark, freie Kost und Unterkunft", teilte sie mir mit, wobei sie mit einem Lappen hektisch über den Tresen wischte. „Ihr Zimmer zeig ich Ihnen heute Abend. Wann können Sie anfangen?" Ich konnte sofort, doch sie schickte mich noch mal weg. „Wir machen um 17 Uhr wieder auf, wenn Sie dann möchten, können Sie hier anfangen."

Ich war überaus zufrieden und so führte mich mein erster Weg in Freiheit zum Strand. Überglücklich setzte ich mich in die Dünen, genoss die herrliche frische Meeresluft und lauschte dem gleichmäßigen Wellenschlag. Ich war endlich angekommen und frei. So dachte ich jedenfalls.

Um 17 Uhr erschien ich pünktlich auf meiner neuen Arbeitsstelle. Schnell wurde ich eingewiesen und dem restlichen Personal vorgestellt. Meine Aufgaben bestanden darin, den Thekenbereich von knapp anderthalb Metern sauber zu halten und auf Zuruf den Gästen das gewünschte Getränk zu servieren. Wenn das Restaurant abends geschlossen wurde, musste ich die Gewürzständer wieder neu auffüllen. Für so wenig Arbeit so viel Gehalt plus frei Wohnen und Verpflegung, ich konnte es kaum glauben.

Doch schon am Abend wurde ich wieder auf den Boden zurückgeholt. Mein Zimmer war gerade mal sechs Quadratmeter groß und die Einrichtung bestand aus einem Doppeletagenbett, einem Stuhl, einem kleinen Tisch und einem Schrank. Die Schranktür ließ sich nur zur Hälfte öffnen, da sie ans Bett stieß. Aber es war das erste Zimmer hier, das mir gehörte. Die Zimmer des übrigen Personals lagen direkt neben meinem und so war abends immer ein lustiges Treiben auf dem Flur. Schnell hatten wir uns angefreundet und verbrachten anfangs die Abende zusammen. Bald hatten wir ein Stammlokal, in dem sich jeden Abend die gleichen Gäste trafen. Das hatte natürlich zur Folge, dass mein Gehalt nicht mehr für einen Monat reichte. Schließlich überwies ich ja auch noch 500 DM als Unterhalt für Nina.

Leider konnte ich meine Tochter in den ersten zwei Monaten aus zeitlichen Gründen nicht besuchen, aber ich schrieb ihr jede Woche, wie gut es mir ging und dass ich sie bald besuchen käme. So konnte Lisa ihr meine Briefe vorlesen und auch in Ninas Namen zurückschreiben. Nach unserem letzten Treffen im April hatte sich Lisa beruhigt und bot mir ein gemeinsames Sorgerecht für Nina an. So brauchten wir für unsere Scheidung, die ja immer noch nicht vollzogen war, keine zwei Anwälte. Lisa hatte sich zwar einen Anwalt genommen, was mir jedoch nicht wichtig erschien. Sie lebte nun mit ihrem neuen Partner zusammen und war mit ihm wohl glücklich.

Vier Wochen lebte und arbeitete ich nun schon auf meiner Insel. Mein Traum von Freiheit war endlich wahr geworden. Die Arbeit machte mir viel Spaß, obwohl mein anfänglicher Aufgabenbereich sich mittlerweile wesentlich erweitert hatte. Aber die Kameradschaft unter uns Angestellten und die allabendlichen Treffen ließen jeden anfallenden Stress verblassen. Trotzdem musste ich des Öfteren an Anja denken. Was machte sie wohl zurzeit? Ohne Arbeit und nur mit dem Geld vom Amt konnte sie nicht gut leben. Irgendwie tat sie mir schon leid.

Anfang Juni fragte mich dann meine Chefin, ob ich nicht noch jemand kenne auf dem Festland, schließlich stehe die Hauptsaison vor der Tür und da brauche man noch dringend jemand in der Küche. Natürlich kannte ich keinen, woher auch. Aber dann dachte ich an Anja und rief sie an, allerdings ohne zu sagen, wo ich war und was ich machte. Im Grunde wollte ich nur wissen, wie es ihr ging. Sie weinte bitterlich und bereute, wie sie mit mir umgesprungen war. Sie akzeptierte, dass ich gegangen war, wünschte mir für die Zukunft viel Glück und schwor, wenn wir uns je wiedersehen sollten, mich nie mehr zu unterdrücken.

In der folgenden Nacht grübelte ich über das letzte Gespräch nach: Sollte ich sie holen oder nicht? Schließlich machte ich mir auch Vorwürfe, war ich doch schuld an ihrem Dilemma. Fakt war jedenfalls, dass wir unbedingt eine Küchenhilfe brauchten und Anja dringend Arbeit suchte, und hier gab es gutes Geld mit freier Unterkunft und Verpflegung. Wenn sie also sparsam lebte, könnte sie sich bis zum Ende der Saison etwas zusammensparen. Irgendwie war ich ihr das schuldig.

So bat ich meine Chefin, mir zwei Tage frei zu geben, um meine kleine Tochter zu besuchen und um anschließend ein Gespräch mit einer neuen Küchenhilfe zu führen. Sie war damit einverstanden und so fuhr ich in der folgenden Woche ins Ruhrgebiet. Mit Anja machte ich ohne Angabe von Gründen einen Termin in einem netten Lokal aus. Für die Übernachtung hatte ich mir vorsichtshalber ein Hotel gesucht.

Nachdem ich einen schönen Tag mit Nina verbracht hatte, fuhr ich am Abend zu dem Treffpunkt, um mit Anja zu reden. Ich war etwas früher da und so konnte ich mir im Lokal einen abseits gelegenen Tisch aussuchen. Als sie das Lokal betrat, schweiften ihre suchenden Blicke durch das Lokal, bis sie mich entdeckte. Mit schnellen Schritten und einem Lächeln auf den Lippen kam sie auf mich zu. Ihre Arme breiteten sich zu einer Umarmung aus, die ich aber mit meiner ausgestreckten Hand abblockte. In ihren Augen konnte ich ihre unterdrückten Tränen erkennen. „Na du", begrüßte sie mich, was ich mit einem „Na du" erwiderte. „Wie geht's dir?", fragten wir fast gleichzeitig, so dass wir beide lachen mussten. Damit war dann auch das Eis gebrochen und wir konnten uns ohne gegenseitige Vorwürfe unterhalten.

Schnell hatte ich ihr die Situation erklärt, wie viel sie verdienen würde und dass sie sich etwas zusammensparen könnte. Ich machte ihr aber auch klar, dass ich an einem Zusammenleben mit ihr kein Interesse hatte und meinen eigenen Weg gehen wollte. Sie akzeptierte es und war mit allem einverstanden, doch wollte sie noch eine Nacht darüber schlafen. Ihre Freundin hätte ihr gerade erst Geld geliehen, damit sie sich eine neue Couch kaufen konnte. Damit sei ihre Wohnung jetzt richtig gemütlich geworden und das alles aufzugeben müsse wohlüberlegt sein. Daraufhin erklärte ich ihr noch mal, dass sie auf keinen Fall ihre Wohnung aufgeben solle, denn am Ende der Saison müsse sie ja wieder zurückfahren. Ich konnte ihre Begeisterung über meinen Vorschlag an ihrem Gesichtsausdruck erkennen und wir lachten über die Vergangenheit und das Elend, das wir erlebt hatten.

Es war schon spät, als ich zum Zahlen aufgefordert wurde, da man das Lokal schließen wollte. Ich bestellte mir ein Taxi, um in mein Hotel zu fahren. Da aber Anjas Wohnung auf dem Weg lag, fragte ich sie, ob ich sie mitnehmen solle. Ohne zu zögern, stieg sie ein und wir fuhren erst zu ihrer Wohnung. Als ich mich verabschieden wollte, bat sie mich, doch noch mit nach oben zu kommen. „Ich möchte dir gern meine neue Couch zeigen, und ich hab auch noch etwas Campari, es ist doch noch zu früh, um schon ins Hotel zu fahren." Eigentlich hatte sie ja recht und einen Campari würde ich mir auch noch gerne gönnen. Irgendwie hatte ich das Gefühl, ihr wieder vertrauen zu können. Ohne Hintergedanken stieg ich mit aus und folgte ihr nach oben. Ich setzte mich auf ihre neue Couch und Anja holte hektisch Gläser und Chips hervor.

Mitten im Gespräch stand sie plötzlich auf und setzte sich mit ihrem weiten Rock breitbeinig auf meinen Schoß. Ihre Hände legte sie auf meine Schultern und sie ließ sie langsam meinen Rücken hinuntergleiten. Mit einem schnellen Griff hatte sie meine Arme nach hinten gedreht und meine Hände mit einer Kordel fest verschnürt. Da ich schon allerhand getrunken hatte, konnte ich nicht schnell genug reagieren. Sie öffnete den Gürtel meiner Hose, um mich lustvoll zu bearbeiten. Erst jetzt bemerkte ich, dass sie keinen Slip mehr anhatte. Schnell hatte sie ihren Rock hochgezogen und nahm mich so, wie es ihr gefiel. „Ich hab so lange darauf gewartet", stöhnte sie. „Das hat mir so gefehlt." Obwohl ich im ersten Moment Angst hatte, ließ ich doch alles über mich ergehen. Ich muss sogar zugeben, dass ich mich nicht besonders wehrte. Im Grunde genommen war es allerdings wie eine Vergewaltigung und ich war ihr hilflos ausgeliefert. Schließlich löste sie meine Fesseln und entschuldigte sich damit, dass sie so große Sehnsucht danach gehabt hätte.

Als ich sie spät in der Nacht verließ, sagte sie nur, sie riefe in den nächsten Tagen an, um Bescheid zu geben, ob sie zum Arbeiten auf die Insel komme.

Wieder auf der Insel angekommen, gratulierte mir meine Chefin mit einem Lächeln. Anja habe schon angerufen und werde in den nächsten Tagen anreisen, sobald sie zu Hause alles erledigt habe.

Drei Tage später stand Anja plötzlich nachmittags im Betrieb vor mir. Ich zeigte ihr das Büro, nach zehn Minuten kam sie wütend wieder raus. „Was hast du mir denn für einen Scheiß erzählt? Von wegen 1200 Mark, ganze 800 bekomme ich!"

Entsetzt sprach ich meine Chefin darauf an, hatte sie mir doch was anderes zugesagt. Abweisend ließ sie mich stehen. „Sie ist doch nur eine ungelernte Küchenhilfe und da ist der Tarif so. Wenn sie nicht arbeiten will, dann kann sie ja wieder gehen. Ansonsten kann sie ihre Sachen nach oben bringen. Ein Bett ist ja noch in Ihrem Zimmer frei."

„Wie, bei mir?", entgegnete ich entsetzt. „Das ist doch viel zu klein und ich möchte nicht mit ihr zusammenwohnen."

„Wieso nicht?", hörte ich sie noch rufen, bevor sie in ihrem Büro verschwand. „Ist doch Ihre Bekannte."

Es war wie ein Nackenschlag für mich, wenn ich das gewusst hätte, hätte ich Anja niemals geholt. Zum ersten Mal lernte ich die Gepflogenheiten hier kennen, wie man mit Personal umging.

Anja stand weinend vor mir. „Was soll ich denn nun machen, wo soll ich denn nun hin? Zurück kann ich nicht mehr, ich hab doch meine Wohnung aufgegeben und kein Zuhause mehr." Was ich da hörte, konnte ich nicht glauben, war das doch so alles nicht abgesprochen. Ich musste mich also dem Schicksal beugen und Anja erst mal mit in meinem kleinen Zimmer wohnen lassen. Allerdings gab es nur einen Schlüssel, der im Grunde auch überflüssig war, da man die Tür ganz leicht mit einem

Schraubenzieher öffnen konnte. Ich machte ihr jedoch noch einmal klar, dass ich mein eigenes Leben führte und wir nach Saisonende getrennte Wege gehen würden. Sie akzeptierte es und so nahm sie ihre Arbeit auf der Insel auf.

Am Abend gingen wir zum gemütlichen Teil über und trafen uns alle zum Knobeln und Fachsimpeln in unserem Stammlokal. Anja war zum ersten Mal dabei und da sie noch kein Geld bekommen hatte, übernahm ich ihre Rechnung. Im Allgemeinen trank sie nur Campari und hin und wieder ein Bier. Aber hier gab es keinen Campari und so machte sie Bekanntschaft mit Bommi und Pflaume, ein hochprozentiges Getränk mit dementsprechender Wirkung. Schon nach den ersten Gläsern war sie ziemlich stark angetrunken, so dass ich sie nach Hause bringen musste. Unterwegs machte sie mir die abenteuerlichsten Liebeserklärungen und war glücklich, dass sie nun endlich bei mir war. Sie hatte also immer noch nicht begriffen, dass ich mein eigenes Leben führen wollte.

Am nächsten Morgen kam sie auch gleich zu spät zur Arbeit, obwohl ich sie geweckt hatte. Prompt bekam sie ihre erste Abmahnung. Es interessierte mich nicht, hatte ich doch mit alldem nichts zu tun. In den folgenden Tagen ging sie zwar nicht mehr sofort mit, kam jedoch spät am Abend immer nach, um mit mir zurückzugehen. Irgendwann nervte mich das und so wechselte ich hin und wieder rechtzeitig das Lokal, was sie aber sehr wütend machte. Sie schimpfte und beschuldigte mich, dass ich mich mit anderen Frauen amüsieren würde.

Es kam auch vor, dass sie die Tür zu meinem Zimmer abschloss und mich erst nach lautem Klopfen einließ. Dass das dem übrigen Personal nicht verborgen blieb und für reichlich Ärger sorgte, interessierte sie nicht. So bekam auch ich eine Abmahnung wegen ruhestörenden Lärms. Mittlerweile spitzte sich ihre Eifersucht derart zu, dass sie sogar anfing, mich zu schlagen. Ich verbot ihr, mich weiterhin zu kontrollieren, sie könne zwar abends mitgehen, aber solle mich doch bitte in Ruhe lassen.

Aber sie hörte nicht auf, mich zu schikanieren. Selbst während der Arbeitszeit ließ sie sich immer wieder etwas einfallen. Da ihre Aufgabe auch darin bestand, für das Personal die Essensteller fertig zu machen, kam es vor, dass sie mir einen zu heißen Teller in die Hand drückte oder mein Essen zu stark salzte. Laufend beschuldigte sie mich, dass ich sie unter falschen Voraussetzungen hierher geholt hätte. Schließlich hätte sie nun keine Wohnung mehr und zu Hause hätte sie wesentlich mehr verdient. Im Grunde hatte sie ja recht, aber ich hatte von dem geringen Gehalt einer Küchenhilfe nichts gewusst. Ihre Wohnung sollte sie ja auf keinen Fall aufgeben, so hatten wir es im Vorfeld schließlich besprochen. Erst zwei Monate später erfuhr ich, dass sie ihrer Tochter und deren Freund für den Zeitraum ihrer Abwesenheit ein Wohnrecht eingeräumt hatte, so hätte sie jederzeit zurückfahren können.

Mittlerweile waren Anja und ich das Firmengespräch Nummer eins. Man wartete morgens förmlich auf einen neuen Zwischenfall. Um die Situation zu entschärfen, bekamen wir nach zwei Monaten ein geräumiges Zimmer, neu renoviert mit einem großen Doppelbett, einem Fernseher und einem dreitürigen Kleiderschrank. Meine Chefin dachte wohl, dass es in besseren Räumlichkeiten nicht mehr zu unseren dauernden Streitereien käme.

Die Abende wurden allmählich zu einem teuren Vergnügen. Man arbeitete nur noch für den Wirt, der in den ersten zwei

Wochen des Monats bar kassierte und uns dann großzügig einen Kredit gewährte. So gingen wir nur noch alle drei bis vier Tage aus, was aber meistens heftig endete. Jeden Abend wurde geknobelt. Anja hielt sich dem Spiel fern, nur hin und wieder knobelte sie mal mit. Da sie den Bommerlunder nicht besonders gut vertrug, gab es anschließend nur zwei Möglichkeiten: Entweder endete der Abend mit wildem Sex oder mit handfestem Streit, weil ich angeblich wieder irgendeiner Frau schöne Augen gemacht hatte. Man kann sich ja an alles gewöhnen und so kreuzte ich auf meinem großen Wandkalender, der in meinem Schankraum hing, den 30. Oktober ganz dick an. Das war das Ende der Saison und der Abreisetermin für das komplette Personal. Für mich bedeutete es die Trennung von Anja, und zwar endgültig.

EIN ENDE MIT SCHRECKEN

*I*m Juli 1987 war es wieder an der Zeit, meine Nina zu besuchen. Schließlich brauchte ich ja einen freien Tag dafür, was für einen Saisonarbeiter schwierig ist. Wir verbrachten den ganzen Tag auf dem Spielplatz und abends gingen wir mit ihrer Mutter gemeinsam essen. Da Lisa in den letzten Monaten friedlich geblieben war und auch den Eindruck machte, dass sie mit ihrem neuen Partner glücklich zusammenlebte, erzählte ich ihr von meinen Erlebnissen mit Anja. Lisa war entsetzt, als sie erfuhr, dass Anja bei mir wohnte, hatte sie doch angenommen, wir hätten uns getrennt. Dieses Bekenntnis hatte schwerwiegende Folgen für mich.

Keine vier Tage später wurde ich ins Büro gerufen. Dort bekam ich einen Brief von Lisa überreicht, einen DIN-A5-Umschlag, auf der Rückseite mit dem Satz: „Der gnädige Herr bumst und hurt da rum, obwohl seine Tochter hier nichts zu essen hat." Gleichzeitig wurde mir ein Schreiben von ihrem Rechtsanwalt vorgelegt, worin es hieß, dass eine gerichtliche Lohnpfändung beantragt wurde. Kein Arbeitgeber hier wollte mit einer solchen zusätzlichen Arbeit belastet werden, und so wurde ich aufgefordert, den Unterhalt für meine Tochter regelmäßig zu überweisen. Gott sei Dank konnte ich die letzten drei Belege zum Beweis vorlegen. Die anderen Belege hatte ich zwischen meinen Zeugnissen in meinem Unterlagenordner gut versteckt, hatte ihn aber Lisa zur sicheren Aufbewahrung gegeben.

Kurz vor Monatsende nahm ich mir wie üblich einen Vorschuss, um den Betrag für Nina zu überweisen. Allerdings bekam ich mein Gehalt dann nicht mehr, da Lisa eine Lohnpfändung durchgesetzt hatte und zusätzlich noch 4000 DM für nicht geleisteten Unterhalt einforderte. Das konnte doch wohl alles nicht wahr sein! Leider konnte ich meine regelmäßigen Zahlungen zurzeit nicht nachweisen, da ich in der Hochsaison keine freien Tage mehr nehmen konnte, und so musste ich die nächsten beiden Monate abwarten, bis ich meine Unterlagen holen konnte. Aber da hatte Lisa bereits alle Belege gefunden und vernichtet.

Anja drehte völlig durch, zu ihrer krankhaften Eifersucht kam nun noch die Wut auf Lisa hinzu. Sie schimpfte nur den ganzen Tag: „Ich bringe das Miststück um!" Damit wollte sie wohl Partei für mich bekunden, aber das half mir auch nicht weiter. Ihre Eifersucht wurde von Tag zu Tag schlimmer. Da ich mir mit der Zeit schon einen größeren Bekanntenkreis geschaffen hatte, ging ich abends allein aus. Eines Abends, als wir wieder mit der gesamten Belegschaft in unserem Stammlokal saßen, kam plötzlich ein Gast herein und fragte: „Was ist denn bei euch los? Die Polizei steht da vor der Tür." Da keiner von uns eine Ahnung hatte, beschloss ich nachzusehen. Alles war ganz ruhig, von der Polizei war weit und breit nichts zu sehen und so kehrte ich, ohne mich weiter darum zu kümmern, zu unserer Gesellschaft zurück. Als wir jedoch spät in der Nacht zurückkamen, sahen wir das ganze Chaos.

Hoftür und Eingangstür waren aufgebrochen, der Boden bis hoch zu den Wänden voll von Erbrochenem, Stühle, Bilderrahmen, verschiedene Dekorationen lagen wild verstreut im Flur verteilt. Anja hatte eine ganze Flasche Campari intus und lag fest schlafend im Bett.

Am Morgen wurde uns erst klar, was sich in der Nacht abgespielt hatte. Im Vollrausch hatte Anja laut schimpfend im Haus randaliert, bis die Nachbarn die Polizei holten, die sie im Badezimmer auf dem Boden gefunden und nach einer Begutachtung ins Bett gebracht hatte.

Als sie mit Verspätung zur Arbeit erschien, war unsere Chefin bereits von dem Vorfall der letzten Nacht unterrichtet worden. Anja wurde ins Büro beordert, wo sie lautstark zurechtgewiesen wurde. Sie musste nicht nur für den entstandenen Schaden aufkommen, ihr wurde auch zum nächsten Ersten gekündigt und mit sofortiger Wirkung wurde sie beurlaubt. Somit hatte sich das Problem mit Anja für mich erledigt.

Anja rief ihre Tochter an, die gerade erst den Führerschein gemacht hatte, und bat sie, sie sofort abzuholen. Doch der Tag verging, ohne dass ihre Tochter auftauchte oder sich meldete. So entschied sich Anja, am Abend in unserem Stammlokal für unser Personal ihren Abschied zu geben. Was jedoch gemütlich begann, endete in einer Katastrophe.

Wir knobelten in großer Runde und der Alkohol floss reichlich. Anja meinte jedoch, den Abend mit Bommi mit Pflaume beenden zu müssen, und war schon bald wieder sturzbetrunken. Als mich die Kellnerin nach einem beendeten Spiel scherzhaft fragte: „Na Schatz, was möchtest du denn trinken?", rastete Anja völlig aus. Mit einem schnellen Griff fasste sie nach einem schweren Aschenbecher, den sie mit voller Wucht in den Gläserschrank warf. Gleichzeitig räumte sie mit einer Hand den kompletten Tresen ab, wobei sie schrie: „Das ist nicht dein Schatz!" Fluchtartig verließ ich das Lokal, das wollte ich mir nicht schon wieder antun, ich konnte sie nicht mehr ertragen. Da ich ja wusste, dass sie am nächsten Tag für immer abreisen würde, verbrachte ich diese Nacht am Strand.

Am nächsten Nachmittag holte Frank, ihr Ex-Mann, sie ab. Nach kurzer Begrüßung vor der Tür schrie Anja plötzlich auf und brach zusammen. Ihre Tochter, die sie am Vortag mit dem Auto abholen wollte, hatte einen schweren Unfall verursacht und lag auf der Intensivstation. Wie wir später erfuhren, hatte sie sich dabei einen Wirbel gebrochen und war seitdem gelähmt.

Anfang 1988, als ich Anja schon vergessen hatte, läutete abends das Telefon. „Hallo, hier ist Anja." Ihre Stimme klang rau und nervös. „Ich komme dich in der nächsten Woche besuchen. Zähl schon mal deine letzten Lebensstunden."

Ich war geschockt, wollte sie wirklich noch mal auf die Insel kommen? Ich muss gestehen, dass dieser Anruf mir schon Angst machte. Hatte sie denn immer noch nichts begriffen? Oder wollte sie mich nur erschrecken? Bis weit in den Mai hinein kamen solche Anrufe in regelmäßigen Abständen. Ihre Drohungen wurden dabei immer brutaler. Manchmal verstellte sie ihre Stimme. Bei ihrem letzten Anruf drohte sie nur noch: „Morgen bist du tot!" Dabei blieb es und ich hörte nie wieder etwas von ihr. Von einer Bekannten erfuhr ich Jahre später, dass Anja öfters versucht hatte, sich das Leben zu nehmen, und seitdem in einer geschlossenen Anstalt lebte.

INS HERZ GETROFFEN

Mitte Oktober 1987 neigte sich die Saison dem Ende zu, viele Saisonarbeiter fuhren wieder nach Hause oder bewarben sich für die Wintersaison in den Bergen. Auch ich machte mir Gedanken darüber, wie ich den Winter verbringen sollte. Eigentlich wollte ich meine Insel nicht mehr verlassen, so wohl fühlte ich mich hier. Endlich war ich frei und keine Frau der Welt konnte mich mehr unterdrücken.

In den letzten sieben Monaten war meine Chefin offenbar sehr zufrieden mit mir gewesen und bot mir einen neuen Arbeitsvertrag für das kommende Jahr an. Da ich jedoch in der Winterpause mein Personalzimmer nicht behalten konnte, besorgte sie mir eine günstige Ferienwohnung, wo ich bis zum März 1988 bleiben konnte. Auch machte sie mir Hoffnung, dass ich mir in der Winterzeit hin und wieder neben meinem Arbeitslosengeld etwas dazu verdienen könnte. Mit Freude nahm ich ihr Angebot an und bezog mein neues Domizil.

Es war eine schöne kleine Wohnung, die mit allem zum Leben Nötigen ausgestattet war, und das für nur 400 DM. Das war wirklich günstig, aber als ich den Bescheid über mein Arbeitslosengeld von gerade mal 860 DM erhielt, war meine Enttäuschung groß. Nach Abzug der Unterhaltszahlung blieben mir

100 DM für einen ganzen langen Monat übrig. Ich musste also sehr knapp haushalten und deponierte das Geld in vier Tassen mit je 25 DM. Davon ging ich jeden Montag für die ganze Woche einkaufen und teilte alles genau auf die Wochentage auf. Als Luxus erlaubte ich mir pro Woche eine Flasche billigen Wein und eine Schachtel Zigaretten. So hatte ich dreimal am Tag das Gefühl von Luxus, wenn ich morgens, mittags und abends eine rauchen durfte. Wenn dann abends mein Fernsehprogramm anfing, kam noch ein Gläschen Wein hinzu. Mehr war nicht drin, denn eine Woche kann ganz schön lang sein. Mein Versuch, irgendwo Arbeit zu finden, scheiterte kläglich, da in der Vorwinterzeit alle Betriebe geschlossen waren.

So verbrachte ich meine Zeit mit langen Spaziergängen über die Insel, wobei ich über mein bisheriges Leben nachdachte. Ich beschloss, mich nie mehr an eine Frau zu binden, nie mehr zu heiraten und die Frauen nur noch als Sexobjekt zu betrachten. Von jeder Frau, die ich in Zukunft für ein Schäferstündchen mit nach Hause nehmen würde, wollte ich als Andenken ihren BH behalten. Es war eine blödsinnige Idee, die ich schon nach dem dritten BH wieder fallen ließ.

Jede Woche telefonierte ich mit Nina und erzählte ihr, wie gut es ihrem Papa geht. Lisa dagegen sagte ich die Wahrheit, in der Hoffnung, dass sie Erbarmen zeigte und mich mit Nina auf der Insel besuchte. Aber ich musste lange darauf warten, erst vier Monate später hatte Lisa ein Einsehen. War der Besuch auch nur für vier Stunden, so war es doch wunderschön. So konnte ich Nina den größten Sandkasten der Welt zeigen, da wir die ganze Zeit am Strand verbrachten.

Im Dezember 1987 bot man mir eine Arbeit an, ein Lokal, das ich in eigener Regie führen sollte, mit mehreren Tischen, einer kleinen Küche, zwei Kegelbahnen und einer kleinen Terrasse zum Strand. Alles machte einen guten Eindruck und ich war stolz darauf, für den größten Restaurantbesitzer der Insel arbeiten zu dürfen. Noch glaubte ich an die Ehrlichkeit der Großgastronomen, doch wurde ich bald eines Besseren belehrt. Jeden Tag pünktlich um 17 Uhr öffnete ich und um 24 Uhr schloss ich wieder ab. Meine Einnahmen waren gleich null. Ich wusste nicht, dass das Lokal ein Abschreibungsobjekt war und ich demnach nur des Zweckes wegen dort eingesetzt wurde. So betrug mein erstes Gehalt nur 180 DM.

Aber auch ich hatte in dieser Zeit erkannt, wie man Geld machen konnte. Obwohl ich in der ersten Zeit nach Feierabend sofort nach Hause ging, da ich ja noch kein Geld zum Ausgeben hatte, änderte sich das schlagartig, nachdem ich mich betrogen fühlte. Nachts ab ein Uhr sammelte ich in der größten Disco meine Kunden und öffnete das Lokal wieder, wo dann um größere Geldbeträge gekegelt wurde. Schließlich war ich ja vor langer Zeit mal in einem Sportkegelverein und dadurch des Kegelns mächtig. Ab sofort war meine Geldbörse wieder gut bestückt. Fast jeden Abend teilte ich mein Bett mit einer anderen Frau, was mir ehrlich gesagt großen Spaß bereitete, da ich sie schon am Morgen nicht mehr kannte. Mein Leben war nun da angekommen, wo ich es haben wollte: Ich war endlich ein freier Mensch und nichts in der Welt konnte etwas daran ändern.

Am 10. Januar 1988 war ich mal wieder auf meinem Kneipenrundgang, um mir jemand für die Nacht zu suchen, aber stattdessen traf es mich mitten ins Herz. Allein an der Theke saß eine junge Frau, die mir wie eine zarte Rose erschien, die ich unbedingt pflücken musste. Ich konnte meine Augen nicht von ihr lassen und so beschloss ich, sie zu einem Getränk einzuladen. Im Allgemeinen entwickelt sich dann schnell ein belangloses Gespräch und der Rest ergibt sich wie von selbst, aber hier war es anders. Wir unterhielten uns über ganz andere Dinge, als ich gewohnt war, ich empfand plötzlich ein Gefühl von Anstand. Hinzu kam, dass wir über unsere Kinder sprachen, womit sie direkt in mein Herz traf. Ich konnte von meiner Tochter sprechen, ohne dass sie mich unterbrach. Auch sie hatte eine Tochter, im gleichen Alter wie meine, was uns auf Anhieb irgendwie verband. Ihre Stimme war weich und ihre Augen leuchteten, wenn sie von ihrer Tochter sprach. Ihr herzhaftes Lachen ging mir unter die Haut. Eigentlich hatte sie schon gehen wollen, doch dann blieb sie noch über eine Stunde. Als sie sich verabschiedete, wusste ich genau, dass ich sie unbedingt wiedersehen musste. Ich konnte ihr herzhaftes Lachen einfach nicht vergessen, hörte es in meinem Kopf, sobald ich an sie denken musste.

An jedem der folgenden Abende suchte ich die Gaststätte wieder auf, in der Hoffnung, sie dort wieder anzutreffen. Ich versuchte den Wirt auszufragen, wo sie wohnte und wo sie arbeitete. Doch leider wollte man mir nichts sagen, außer dass sie eine anständige Frau sei und deshalb nichts für mich wäre. Ich musste es akzeptieren, denn mein Lebenswandel war zu diesem Zeitpunkt schon extrem. Schließlich tauchte ich ja fast jeden Abend mit einer anderen Frau dort auf. Eigentlich wollte auch keine feste Beziehung mehr eingehen, denn da hatte ich ja genug durchgemacht. Aber dieses herzliche Lachen, ihre ruhige Stimme und ihre glänzenden Augen, wenn sie von ihrer Tochter sprach, gingen mir nicht aus dem Sinn.

Zwei Wochen waren bald vergangen, und ich glaubte schon fast nicht mehr daran, sie noch mal wiederzusehen. Als ich den Vorraum des Lokals betrat, hörte ich es, da war es wieder, das

Lachen, es kam aus dem Schankraum. Ich konnte es kaum fassen, mit schnellen Schritten lief ich zur Toilette, um mich ein bisschen in Form zu bringen. Wie gelangweilt betrat ich dann das Lokal, setzte mich an die Theke und bestellte mir mein Bier. Von allen Seiten wurde ich begrüßt, was mich jedoch nicht interessierte. Da saß sie nun, mir direkt gegenüber, nur getrennt durch den Innenraum der Theke, und ich tat so, als ob ich sie nicht sehen würde, doch im Augenwinkel hatte ich nur sie im Blick. Ich wartete nur darauf, dass sie zu mir herübersah, damit ich sie mit einem kleinen „Hallo" begrüßen konnte. Sie war wohl mit vier Arbeitskollegen da, und sie knobelten um das nächste Getränk. Als sie mich endlich sah, lächelte sie zu mir herüber und erwiderte mein leises „Hallo", wobei sie ihrer Nachbarin etwas zuflüsterte. Streng wurde ich von ihrer Nachbarin begutachtet, bevor sie mich fragte, ob ich vielleicht mitspielen wollte. Da konnte ich nicht Nein sagen und so gesellte ich mich zu der Gruppe. Anstandshalber hielt ich mich jedoch zurück, schließlich hatte ich wahrlich nicht den besten Ruf.

Das Gefühl von Liebe auf den ersten Blick empfand ich nicht, nur Neugierde, schließlich faszinierte mich ihr Lachen so sehr, dass ich in ihrer Nähe sein musste. Nach gut einer Stunde Gemeinsamkeit verabschiedete sie sich, da sie am nächsten Morgen wieder früh zur Arbeit musste. Ich bot mich an, sie ein Stück zu begleiten, wollte ich doch noch einiges von ihr wissen. Aber sie lehnte ab, sie wollte lieber allein nach Hause gehen. Ich akzeptierte es und gesellte mich wieder zu den drei Verbliebenen. Einiges hatte ich an dem Abend schon erfahren. So wusste ich nun, dass sie Angelika hieß, aber nicht Angie genannt werden wollte und dass sie hier in einer großen Klinik arbeitete. Sie war nicht verheiratet und ihre Tochter wuchs bei ihren Eltern auf. Wenn sie frei hatte, fuhr sie regelmäßig nach Hause aufs Festland.

In den nächsten Tagen freundete ich mich mit ihren Arbeitskollegen immer mehr an, so trafen wir uns jeden Abend zum gemeinsamen Knobeln. Nur Angelika kam einfach nicht. Sie ging nicht vor die Tür, wenn sie arbeiten musste. Doch hoffte ich, dass sie am Wochenende wieder dabei wäre. Ich war enttäuscht, als ich hörte, dass sie wieder für drei Tage nach Hause gefahren war. Allmählich gab ich das Warten auf und führte mein altes Leben weiter. Schließlich gab es ja genug Frauen, die allein lebten. Und ich hatte nur ein Ziel: Frauen erobern und, nachdem ich sie im Bett hatte, wieder fallen lassen. Gefühle gegenüber Frauen glaubte ich verloren zu haben.

Aber dann war es wieder da, ständig hörte ich das herzliche Lachen von Angelika. So blieb mir nur die Hoffnung, dass ich sie eines Tages doch wiedersah. Und wieder vergingen fast 14 Tage, ich war Gott sei Dank ohne Begleitung, als Angelika plötzlich abends zum Knobeln erschien. Meine Freude war natürlich riesig, und als ich sie dann auch noch auf dem Heimweg begleiten durfte, war mein Glück vollkommen. Da wir uns dabei ganz wunderbar unterhielten, willigte sie in ein weiteres Treffen mit mir ein. So geschah es, dass wir uns in den nächsten Tagen und Wochen des Öfteren zum Kaffee oder zum Spaziergang trafen. Nur in den Abendstunden wollte sie nicht unbedingt in Kneipen verkehren, da sie morgens ganz früh zur Arbeit musste.

Allerdings konnte ich mich von meinem freizügigen Leben nicht ohne Weiteres trennen. Endlich hatte ich die Freiheit, die ich mir immer gewünscht hatte. Ich konnte hingehen, wohin ich wollte, konnte mir die Betten aussuchen, hatte mein eigenes Reich, wenn auch nur noch für kurze Zeit, und das Wichtigste war, dass mir keiner mehr vorschrieb, was ich zu tun hatte.

Trotz alldem nutzte ich jede Gelegenheit, um mich mit Angelika zu treffen. Selbst in ihren Pausen sahen wir uns. So ergab es sich, dass Angelika abends hin und wieder auch mal unerwartet in unser Stammlokal kam, mich aber dort nicht antraf. Ich war einfach noch nicht wieder reif für eine feste Beziehung, genoss ich doch mein Leben erst jetzt in vollen Zügen. Bald hatte ich auf der Insel den Spitznamen „Vogel der Nacht", wer weiß warum. Aber man machte sich schon so seine Gedanken. Ich konnte über all dies nur lächeln, dachte ich doch, Angelika und ich wären schon ein festes Paar, aber da wurde ich bald eines Besseren belehrt. Meine Anrufe wurden plötzlich nicht mehr entgegengenommen, meine Besuche an ihrem Arbeitsplatz ignoriert, selbst meine Grüße nicht mehr beantwortet.

Sollte ich ihr herzhaftes Lachen und ihre Fröhlichkeit durch mein Verhalten verloren haben? Ich wollte und konnte es nicht fassen, wie dumm ich war. Erst jetzt merkte ich, wie sehr sie mir fehlte, was mir vorher nicht bewusst gewesen war. Aber ich konnte sie auch verstehen bei all dem, was man so über mich erzählte. In meiner Verzweiflung sah ich nur eine Möglichkeit, auch wenn es mir schwerfallen würde: Ich musste mich ändern.

In den folgenden Tagen trennte ich mich von sämtlichen Beziehungen. Auch meinen nächtlichen Kneipenbummel schränkte ich ein. Es gab nur noch das Lokal, wo ich Angelika zum ersten Mal getroffen hatte, in der Hoffnung, sie dort wiederzusehen. Aber sie kam nicht mehr. Was sollte ich nur machen? Plötzlich war es nicht nur ihr Lachen und ihre Fröhlichkeit, die mir fehlten, nein, mir blutete das Herz, ich litt an Liebeskummer.

Ich konnte es kaum glauben. Hatte ich denn immer noch nicht genug von festen Beziehungen? Wahrscheinlich nicht, denn sonst hätte ich nie den Entschluss gefasst, die Schallplatte „Vogel der Nacht" mit drei weißen Rosen zu kaufen. Noch bevor Angelika morgens um sechs Uhr das Haus verließ, befestigte ich alles an ihrer Eingangstür, in der Hoffnung, dass sie sich daraufhin bei mir meldete. Die Rosen sollten meine tiefe Traurigkeit und meinen Schmerz bekunden. Ich verkehrte nur noch in ihrem Freundeskreis und hoffte, dass sie sich wieder zu uns gesellte. Nach zwei Tagen endlich meldete Angelika sich, um mir klarzumachen, dass es mit uns nichts wird, doch räumte sie mir eventuell eine Freundschaft ein. Ich könnte jederzeit vorbeikommen, wenn ich mal reden wollte.

Natürlich nutzte ich nun jede Möglichkeit, um mit ihr zu reden. Täglich rief ich an, und so gelang es mir, dass wir wieder öfter spazieren gingen. Mit der Zeit durfte ich sogar in ihre kleine Wohnung zum Kaffee kommen, jedoch nur, wenn einige von unseren mittlerweile gemeinsamen Freunden anwesend waren. Wir sprachen nur von unseren Töchtern, dass sie uns fehlten und von Erinnerungen, als wir sie noch bei uns hatten. Angelika konnte ihre Stefanie alle 14 Tage sehen, und es war immer ein besonderes Ereignis für mich, wenn sie über die neuesten Erlebnisse und Abenteuer berichtete. Ich dagegen hatte meine Nina nun schon über zwei Monate nicht mehr zu sehen bekommen, was mich sehr schmerzte.

Bei unseren Spaziergängen durfte ich Angelika hin und wieder auch etwas näherkommen, wenn ich vorsichtig nach ihrer Hand griff und sie stundenlang festhielt. Mehr geschah nicht, denn ich wollte ihr gegenüber meinen Anstand unter Beweis stellen. Selbst einen Kuss zum Abschied wagte ich nicht.

Es war der 24. Februar 1988, als ich eine Einladung bekam, ich solle doch abends nach Feierabend zu einer kleinen Party bei ihr vorbeikommen. All ihre und mittlerweile auch meine Freunde seien zu einem kleinen Umtrunk bei ihr zu Hause eingeladen. Mit Freude nahm ich die Einladung an, hatte ich doch am 25. Februar Geburtstag, was jedoch keiner wusste. So dachte ich jedenfalls. Wir lachten und tranken den ganzen Abend. Um Mitternacht sprangen plötzlich alle auf, um mir zum Geburtstag zu gratulieren.

Das war eine echte Überraschung, war ich mir doch nicht bewusst, jemals darüber gesprochen zu haben. Ich musste wohl Angelika irgendwann davon erzählt haben. Als sich zu später Stunde alle verabschiedeten, wollte auch ich gehen. Aber Angelika hielt mich an der Hand fest. „Warte noch einen Augenblick", flüsterte sie mir zu. Ich vermutete, sie hätte eventuell noch ein Geschenk für mich, was die anderen nicht sehen sollten. Nachdem alle gegangen waren, nahm sie mich in den Arm, drückte mich ganz fest an sich und flüsterte: „Du darfst diese Nacht hierbleiben."

Das war für mich mehr als nur ein Geschenk! Ich konnte mein Glück kaum fassen, war ich doch nun schon eine ganze Zeitlang fast täglich an ihrer Seite, ohne dass ich irgendwann versucht hatte, mit ihr ins Bett zu gehen. Schließlich war sie für mich kein One-Night-Stand wie all die Frauen, die ich abends in den Kneipen getroffen hatte.

Aber es passierte nichts, wir hatten schon zu viel getrunken und schliefen vor Müdigkeit und Erschöpfung schnell ein.

An diesem Tag schwor ich mir, sie nie mehr loszulassen.

ESKAPADEN

Zum 1. März 1988 kündigte ich bei meinem Arbeitgeber, um ein neues kleines Lokal in eigener Regie, wenn auch als Angestellter zu führen. Gleichzeitig wurde mir auch mein kleines Appartement zum 1. April gekündigt, da ja auch bald die Saison wieder anfing. Somit blieben mir vier Wochen, um eine neue Unterkunft zu finden, was allerdings schwieriger war, als ich gedacht hatte, und so musste ich erst mal nehmen, was man mir anbot. Wieder mal durfte ich erfahren, auf welche Art und Weise das Personal ausgebeutet wurde. Für 400 DM fand ich in einem Hotel ein Personalzimmer. Die Einrichtung bestand aus einem schmalen Metallschrank ohne Tür, einem alten Militärbett mit Eisenfedern und drei einzelnen Matratzen, die schon von den Flecken her viel erlebt haben mussten. Im Treppenhaus schwappte der Teppich vor Nässe, da wohl eine Etage höher ein Wasserrohrbruch gewesen war. Das ganze Zimmer roch sehr muffig, selbst das Öffnen eines Fensters nützte nichts. Bad und WC lagen eine halbe Etage tiefer und wurden von acht Parteien benutzt, sahen von daher auch dementsprechend aus. Selbst Handtücher und Bettwäsche musste man sich selbst besorgen. Vermutlich war es in manchen Haftanstalten sauberer und wohnlicher.

War das meine Freiheit, die ich mir so gewünscht hatte? Ich musste an Heidi denken, war ich doch eigentlich glücklich mit ihr verheiratet gewesen, und ich hatte doch alles, mein eigenes Auto, einen großen Freundeskreis, die gemeinsamen Partys. Dann die trotz allem immer mal wieder glückliche Zeit mit Minou, als ich in vergoldeten Betten schlief und barfuß über Perserteppiche lief. Später meine erste Gaststätte mit Lisa, die mir meine wunderbare Nina geschenkt hatte.

Und nun lag ich hier in einer üblen Absteige. Was sollte nur noch aus mir werden? Nun gut, ich war endlich auf meiner Trauminsel, hatte eine neue Arbeit, auch einen kleinen Freundeskreis, und zu Angelika fühlte ich mich zwar hingezogen, aber eigentlich wollte ich keine feste Beziehung mehr. Meine Tochter hatte ich nun auch schon lange nicht mehr gesehen, doch half mir Angelika, darüber hinwegzukommen, indem wir viel von ihr sprachen.

Nachdem ich meinem Arbeitgeber von den misslichen Zuständen in meiner Unterkunft berichtet hatte, versprach er mir, sich bald um eine neue Bleibe zu kümmern. Angelika machte mir das Angebot, bei ihr zu übernachten, solange ich noch keine neue Wohnung hatte. Allerdings durfte ich das Haus nicht vor 24 Uhr betreten und musste es morgens vor sechs Uhr wieder verlassen, da ihr Vermieter keine Untermieter duldete. Das war für mich jedoch kein Problem, da meine Arbeitszeit nicht vor ein Uhr nachts endete. Jede Nacht, wenn ich zu ihr kam, gingen wir noch mindestens eine Stunde am Strand spazieren. Ich erzählte von meinen Erlebnissen mit den Gästen und den Geschehnissen des Tages. Wir mussten viel lachen und ihre Unbekümmertheit rief immer ein beruhigendes Gefühl in mir hervor. Meine Zuneigung zu ihr wurde immer stärker und ein Gefühl von Sehnsucht befiel mich, wenn ich ihr herzhaftes Lachen nicht hören konnte.

Nach einer Woche bekam ich endlich eine neue Unterkunft, ein kleines Zimmer weit außerhalb des Zentrums. Zwar hatte ich Kakerlaken als Mitbewohner, die jedoch sofort das Weite suchten, sobald das Licht anging. So musste ich, wenn ich nachts nach Hause kam, erst vorsichtig die Bettdecke anheben, damit meine Haustierchen schnell die Flucht ergreifen konnten, bevor ich ins Bett ging.

Meine Arbeit erwies sich bald als wahre Goldgrube. Ich bekam 33 Prozent von der Tageseinnahme, was mein Arbeitgeber wohl gut durchdacht hatte, da der Umsatz in den letzten Jahren um die 9000 DM im Monat lag. Es dauerte nicht lange, bis ich den Umsatz mehr als verdoppelte. Da es eine tägliche Auszahlung gab, lebte ich bald in einer anderen Welt. Nachts trafen sich die Größen aus der Gastronomie, um das leicht verdiente Geld für hochprozentige Getränke und für Frauen auszugeben. Wen ich nachts in den Bars kennen lernte, gesellte sich meistens am Folgetag an meine Theke. So kam es vor, dass der Anteil an weiblichen Gästen an manchen Tagen bei weit über 80 Prozent lag. Ich fühlte mich wie ein König, hatte ich doch nun fürs Erste mein eigenes Zimmer, einen gut bezahlten Arbeitsplatz und vor allem anderen eine ausgesprochen liebe, nette Freundin, mit der ich jederzeit über alles reden konnte. Den größten Teil meiner Freizeit verbrachte ich ja mit ihr. Aber von meinem nächtlichen Getue sollte und durfte sie nichts wissen. Schließlich wollte ich sie nicht verlieren und an eine feste Bindung war auch noch nicht zu denken.

Mittlerweile kamen immer mehr Saisonarbeiterinnen auf die Insel. Viele hatten private Probleme hinter sich und waren froh, wenn sie abends bei mir ihr Herz ausschütten konnten. Jedoch blieb es fast nie dabei und schon bald hatte ich wieder einen schlechten Ruf in der Personalwelt, was die Frauen aber offenbar faszinierte, und so kamen sie zur späten Stunde in mein Lokal, um herauszufinden, ob da was dran war. Mir war es nur recht, liebte ich doch den Sex und vor allem, wie ich wohl zugeben muss, ihren enttäuschten Gesichtsausdruck am nächsten Tag, wenn ich gestand, dass ich mich an nichts erinnern konnte und ihren Namen nicht mehr wusste. Extrem wurde es, wenn abends zur späten Stunde plötzlich bis zu drei

Frauen vor der Theke saßen und jede nur darauf wartete, dass die anderen zahlten. Es wurde so schlimm, dass unter uns Gastwirten eine wahre Tauschbörse entstand. In den Bars wurde dann gern über die Qualitäten der Frauen gesprochen. Meine größte Angst war dabei, dass Angelika etwas davon erfuhr, auch wenn ich im Grunde nicht wirklich fremdgegangen war, da unsere Beziehung freundschaftlicher Natur war.

Viele alleinstehende Frauen suchten in ihrem Urlaub das Vergnügen und taten alles für eine solche Urlaubserinnerung. Ich hatte immer das Gefühl, auf einer Bühne zu stehen und dass jede ein Autogramm mit nach Hause nehmen wollte. So vergingen viele Monate, die mir eine wilde zweite Jugend bescherten. Dabei kam es auch zu einigen kuriosen Erlebnissen. So geschah es im Sommer 1988, dass eine nette Frau so um die 40 jeden Abend ab 22 Uhr mein Lokal betrat. Im Laufe des Abends gab sie mir reichlich an Getränken aus und war auch mit dem Trinkgeld immer recht großzügig. Je mehr sie allerdings abends trank, umso obszöner wurden ihre Gesprächsthemen. Wir lachten zwar viel zusammen und scherzten über Sex, doch ansonsten machte ich mir nichts weiter daraus. Eines Abends jedoch machte sie mich an, ich solle doch bitte mal mit ihr ins Bett gehen, woraufhin ich meinte: „Wenn du dort aus der Damentoilette nur mit einem Seidenschal bekleidet rauskommst, dann geh ich mit dir ins Bett." Es sollte nur ein Scherz sein, ich konnte ja nicht ahnen, dass sie sich das zu Herzen nahm. So ergab es sich, dass sie an ihrem letzten Urlaubstag so lange an der Theke sitzen blieb, bis der letzte Gast gegangen war. Dann stand sie auf, einen Seidenschal um die Schultern, und ging zur Damentoilette. Als sie wieder herauskam, war es an mir, mein Versprechen einzulösen.

Nicht nur die Saisonkellnerinnen oder abenteuersuchende Urlauberinnen, sondern auch einsame verheiratete Insulanerinnen kehrten bei mir ein, um ihre Befriedigung zu suchen. So kam es vor, dass eine Frau mich bat, ihr beim Aufbau eines Schranks zu helfen. Als ich dann am nächsten Morgen meine Hilfe anbieten wollte, wurde ich in einem dünnen Negligé empfangen. „Komm doch kurz auf einen Kaffee rein, mein Mann und der Schrank sind leider nicht da." Während wir uns beim Kaffee gegenübersaßen, spielte sie mit ihren Zehen an meiner Wade. Und so erlag ich wie so oft schon meinen Gefühlen. Aber wäre es nicht wohl jedem so ergangen? Am Abend betrat sie wie fast jeden Abend das Lokal, bestellte ein Getränk und bezahlte mit einem 50-DM-Schein. „Stimmt so!", sagte sie mit einem Augenzwinkern. „Nächste Woche kommt noch mal ein Schrank, hilfst du mir wieder dabei?"

Auch über Präsente konnte ich mich nicht beschweren, die sich in einer Schublade hinter der Theke ansammelten, angefangen von teuren Feuerzeugen bis hin zu Ringen oder Halsketten, die mir alleinstehende Urlauberinnen zum Abschied hinterließen.

In dieser Saison hatte ich wahrlich viel erlebt, und auch wenn ich mir wohl einige Eskapaden geleistet hatte, so genoss ich dieses Lebensgefühl, diese Freiheit, die ich mir immer gewünscht hatte, und das auch noch auf meiner geliebten Insel.

EIN TRAUM WIRD WAHR

Angelika fuhr immer noch alle zwei Wochen für zwei bis drei Tage zu ihrer Tochter nach Hause. Obwohl ich sie öfters fragte, ob sie sie nicht mal mit auf die Insel bringen wolle, verneinte sie es immer. Sie wollte ihre Tochter nicht mit fremden Bekanntschaften in Verbindung bringen, da sie schließlich ohne Vater aufwachsen musste. Ich konnte das sehr gut verstehen und so drängte ich sie deswegen auch nicht.

Aber im Mai 1988, wir hatten schon seit Tagen wunderschönes Wetter, holte sie endlich mit Genehmigung ihres Vermieters ihre kleine Tochter für ein paar Tage auf die Insel. Ich beobachtete sie aus sicherer Entfernung, wie sie am Strand spielten. Auf Anhieb war ich in diese kleine Maus verliebt, hatte sie doch das gleiche Alter wie Nina, die mir sehr fehlte.

Am nächsten Tag fing ich Angelika und ihre Tochter mit Absicht wie rein zufällig in der Stadt ab. Ängstlich begrüßte ich die beiden und erwartete eigentlich, dass Angelika mich abweisen würde. Streng wurde ich von der kleinen Maus begutachtet, doch gab sie mir verlegen ihr kleines Händchen. „Ich heiße Stefanie, du darfst aber ruhig Steffi zu mir sagen." Ein Eis war jetzt wohl angebracht, was dann auch mit Wohlwollen angenommen wurde. Steffi löste sich von der Hand ihrer Mutter, schleckte genüsslich an ihrem Eis und hielt dabei sofort meine Hand. Wir lachten und scherzten den ganzen Weg über.

Am folgenden Tag besuchte mich Angelika mit ihrer Tochter in meinem Lokal. „Steffi wollte dich unbedingt wiedersehen", sagte sie freudig, was für mich wie ein angenehmer Herzstich war. Hatte ich hier etwa eine neue Tochter gefunden? Sollte sie etwa eine Art Ersatz für meine Nina werden? All diese Fragen drängten sich mir nun auf. Aber um das zu verwirklichen, musste ich mich erneut ändern. So konnte mein Leben nicht weitergehen, obwohl ich mit meiner Freiheit, die ich zurzeit genoss, äußerst zufrieden war. Eins stand jedoch fest: Diese kleine Steffi hatte ich sofort tief in mein Herz geschlossen. Wenn sie lachte, übertrumpfte sie glatt ihre Mama.

Von nun an fuhr Angelika nur noch nach Hause, um Steffi auf die Insel zu holen. So konnte ich, wenn Angelika arbeiten musste, auch mal allein den Tag mit Steffi verbringen. Eine unwahrscheinliche Freundschaft begann. So saß Steffi bei längeren Spaziergängen vergnügt auf meinen Schultern und lachte herzzerreißend über jeden Blödsinn, den ich anstellte. Hin und wieder fragte sie Angelika, ob ich ihr neuer Papa werden wolle, was uns natürlich beide in Verlegenheit brachte. Ich jedenfalls war noch nicht so weit, hatte ich doch mit der Vergangenheit noch schwer zu kämpfen.

Langsam machte ich mir auch so meine Gedanken, wie ich meine Nina auf die Insel holen könnte. Bei Lisa stieß ich auf Granit, wollte sie mir doch unser Kind nicht mal für eine Woche überlassen, obwohl wir ein gemeinsames Sorgerecht hatten. „Wenn du sie sehen willst, dann komm sie am Wochenende besuchen", war stets ihre Antwort. Dass das jedoch nicht möglich war, wusste sie genau. Schließlich trennten uns ja gute 600 km Entfernung. Stattdessen beorderte sie mich vor das Gericht, um mehr Unterhalt zu bekommen. Das wurde aber vom Richter mit einem Lächeln abgelehnt. Bis zu diesem Zeitpunkt hatte ich noch nicht an eine richterliche Verfügung gedacht, um Nina über das Jugendamt mit richterlichem Beschluss zu bekommen. Lisa hatte einen guten Anwalt, den ich mir nicht leisten konnte, und weigerte sich mit allen möglichen Argumenten, mir Nina auch nur für eine Woche zu überlassen.

Nachdem das Jugendamt mich und Angelika, die ich als derzeitige Lebensgefährtin angegeben hatte, heimlich auf der Arbeit und im Umfeld hatte beobachten lassen, wurde auch meine kleine Unterkunft begutachtet. Endlich hatte ich es geschafft: Das Gericht legte meine 50 Besuchstage zusammen und so konnte ich Nina zwei- bis dreimal im Jahr für längere Zeit zu mir holen. Nun musste ich mich erst mal um eine neue Unterkunft kümmern, denn ich wollte Nina ja nicht mit meinen Haustierchen zusammenbringen.

Mittlerweile war der Frühling schon vorbei. Meine Gefühle für Angelika waren unverändert intensiv. Auch die kleine Steffi bereitete mir viel Freude, ich empfand ihr gegenüber schon richtige väterliche Gefühle. Angelika war immer für mich da, wenn ich sie brauchte. Viele Nächte verbrachten wir am Strand, wenn ich noch mit einem Problem zu ihr kam. Inzwischen durfte ich auch hin und wieder bei ihr übernachten und musste nicht mehr morgens um sechs Uhr das Haus verlassen.

Am 8. August 1988, es war mal wieder so ein typischer Heiratstag, den viele nutzten, um einen so wichtigen Termin nicht zu vergessen, kam auch ich auf die Idee, dieses Datum mit einem besonderen Anlass zu verbinden. So kaufte ich ein Collier, stellte mehrere Flaschen Sekt kalt und lud Angelika mit ihrem Freundeskreis abends zu einem kleinen Umtrunk ein, ohne einen Grund anzugeben. Zur späten Stunde, als der größte Teil meiner Gäste schon gegangen war, nahm ich das Collier und holte Angelika in eine stille Ecke meiner Kneipe. Ich nahm sie fest in die Arme und fragte sie: „Würdest du vielleicht noch ein Jahr mit mir gemeinsam diesen Weg gehen?"

Eine kleine Träne konnte ich in ihren Augen erkennen. Mit dieser Frage hatte ich sie vollkommen überrascht, hatte sie doch mit allem gerechnet, nur nicht damit. Sie drückte mich ganz fest und hauchte leise: „Du bist ja verrückt! Ich wollte mich nie verloben und erst recht nicht heiraten. Aber ein Jahr, das können wir versuchen." Sie lächelte und gab mir einen festen Kuss, und nachdem ich ihr das Collier geschenkt hatte, fragte sie: „Sind wir jetzt etwa verlobt?"

„Wenn du das möchtest", antwortete ich, „dann sind wir jetzt verlobt." Ich öffnete den Sekt und füllte für jeden Gast die Gläser voll. Dann verkündete ich laut, dass wir uns gerade verlobt hatten. Mit lautem Applaus beglückwünschte man uns.

Vielleicht lag es an dem verrückten Datum oder an meinen Gefühlen für Angelika, dass ich diese Entscheidung getroffen hatte. Eigentlich wollte ich mich doch nie mehr binden, aber bei allem, was ich in diesem Jahr mit Angelika erlebt hatte, diese Fröhlichkeit, diese Harmonie und ihr Verständnis für mein wildes Leben und meine Vergangenheit, ohne dass wir Stress oder irgendeinen Streit hatten, seitdem wir zusammen waren, da konnte ich es doch ruhig noch mal wagen.

Es sprach sich schnell herum, dass ich nun verlobt war, und so bekamen ab sofort einige Gäste keine Schränke mehr geliefert. Ich bemühte mich, etwas Ruhe in mein Leben zu bringen.

Im September 1988 war es so weit und ich fand eine größere Wohnung mit drei Zimmern, Küche und Bad. So fragte ich meine Angelika, ob sie dort mit mir zusammen wohnen wollte. Sie könnte ihre Steffi für immer auf die Insel holen und ich hätte die Möglichkeit, in den Ferien meine Nina, die ja dann auch unter Beaufsichtigung bei ihr wäre, für längere Zeit bei mir zu haben.

Schnell hatten wir unser neues Reich mit dem Wichtigsten eingerichtet. Ich hatte ja noch bei Lisa Waschmaschine, Trockner, Spülmaschine und einige persönliche Dinge, an denen mein Herz hing, gelagert. So lieh ich mir einen kleinen LKW und machte mich auf den Weg, um meine Sachen zu holen.

Aber ich hätte es ahnen sollen: Als ich in Wesseling vor der Tür stand, um alles einzuladen, fand ich einen leeren Kellerraum vor – Lisa hatte alles verkauft. Ich war entsetzt und konnte es nicht glauben, hatte sie mir doch zugesichert, dass sie alles für mich aufbewahren würde. „Schließlich musste ich für deine Tochter was zu essen kaufen", war alles, was sie dazu sagte. Ich konnte und wollte es nicht verstehen, standen doch in ihrem Schrank diverse teure alkoholische Getränke, was sie wohl für wichtiger hielt. Immerhin bekam sie schon den höchsten Satz an Unterhaltszahlung von mir. Warum hatte ich nach all dem, was ich mit Lisa erlebt hatte, nur auf ihr Vertrauen bauen können? Wie dumm war ich nur gewesen!

Mit Angelika richtete ich unsere Wohnung so ein, dass Steffi endlich zu uns ziehen konnte. Ihr Kinderzimmer war ihr kleines Paradies und wurde so eingerichtet, dass auch Nina dort ihr Reich hatte. Im Frühjahr 1990 war es endlich so weit. Aber bis dahin war es noch ein langer Weg. Lisa schickte mir immer wieder das Jugendamt zur Kontrolle. Das Schlimmste, das ich jedoch zu hören bekam, war, dass ich mit einer Hure zusammenleben würde. Das wurde vom Jugendamt besonders scharf überwacht, indem Angelika sowohl auf ihrer Arbeit wie auch im privaten Umfeld beobachtet wurde. Es dauerte seine Zeit, bis ich sie beruhigen konnte, denn auch sie war nun schon beinahe so deprimiert, dass sie Nina nicht mehr aufnehmen wollte.

Doch nachdem Nina ihre erste Woche bei uns verbracht hatte, war alles vergessen. Steffi und Nina waren beide stolz darauf, eine gleichaltrige Schwester zu haben, und Angelika kümmerte sich wie eine Mutter um Nina, wenn ich zur Arbeit ging. Meine Nina war auch sehr glücklich, wenn sie in den Ferien zu uns kam. Aus den anfangs verfügten sechs Wochen wurden bald fast drei Monate im Jahr. Zwar machte Lisa immer wieder Probleme, indem sie mich wegen Unterhaltszahlungen vor das Gericht beorderte, aber stets ohne Erfolg und nur so lange, bis der Richter genug hatte und ihr bei einer erneuten Klage androhte, dass sie wegen Verleumdung selbst mit einem Prozess rechnen müsse.

Allerdings war ich immer noch nicht verheiratet. Steffi wollte endlich einen richtigen Papa haben, was besonders zum Vorschein kam, wenn Nina uns besuchte. So sagte Nina Papa zu mir, während Steffi mich mit meinem Vornamen ansprach. Im Spiel übte sie immer wieder unsere Hochzeit. Da ich aber auf der Insel unter meinem Vornamen bekannt war, schließlich gehörte ich mittlerweile zu den beliebtesten Wirten, nahm man auch an, ich sei mit Angelika verheiratet. Obwohl wir beide nicht mehr heiraten wollten, entschlossen wir uns am 15. Januar 1991 dennoch dazu. Schließlich lebten wir nun schon drei Jahre zusammen und hatten nie Streit.

Zwar hatten sich meine Eskapaden in den Nächten etwas gelegt, dennoch genoss ich nach wie vor meine Freiheit. Aber das musste ich nun für immer aufgeben, hatte ich doch endlich alles erreicht, was ich mir gewünscht hatte. Ich musste und wollte mich von meinem alten Leben radikal lösen. Da man auf der Insel meinen Nachnamen nicht kannte, fiel mir meine Entscheidung relativ leicht. Wenn ich Steffi vom Kindergarten abholte, begrüßte man mich dort natürlich mit ihrem Nachnamen. So legte ich bei unserer Heirat meinen Familiennamen ab und übernahm Angelikas Familienname. Ich muss gestehen, dass es mir ganz leicht fiel, da ich mit meinem bisherigen Leben nichts mehr zu tun haben wollte. Nun verband mich nichts mehr mit meiner Vergangenheit, nicht mal mehr mein Geburtsname. Plötzlich hatte ich zwei reizende Töchter, eine wunderbare Frau, meine eigene Gaststätte, die ich mittlerweile gepachtet hatte, Gäste, von denen ich bis weit übers Festland hinaus akzeptiert wurde. Auch in einem Sportverein saß ich mittlerweile im Vorstand.

1992 bekamen wir unser gemeinsames Engelchen und ich war der glücklichste Mensch der Welt. Nun hatte ich drei süße Töchter, die mein Leben erst richtig lebenswert machten.

Als 15 glückliche Ehejahre später unser Hochzeitstag wieder bevorstand, wollte ich meiner Angelika etwas ganz Besonderes bieten. Damals hatten wir nur standesamtlich geheiratet, damit ich Steffi adoptieren und ihr der Vater sein konnte, den sie sich wünschte. Aber Angelika hatte sich immer eine kirchliche Trauung erhofft. Von daher wollte ich sie von ganzem Herzen und aus tiefster Seele nun endlich noch einmal heiraten.

Da ich sie damit überraschen wollte, sollte Angelika davon allerdings zunächst nichts erfahren, was jedoch die Planung ungemein erschwerte. Zu unserem Hochzeitstag war von meinem Sportverein ein vier Tage langer Ausflug geplant. Da ich im Vorstand den Ort mitbestimmen konnte, setzte ich mich dort mit dem ansässigen Pfarrer in Verbindung, um mit ihm alle Einzelheiten wie Ablauf, Musik und Trauzeugen zu besprechen. Dafür musste ich wieder in die Kirche eintreten, von der ich eigentlich nichts hielt. Bis alles erledigt war, vergingen fast drei Monate. Nun konnte der große Tag kommen, aber an das Wichtigste hatte ich gar nicht gedacht: Würde Angelika überhaupt noch einmal Ja sagen? Und was für ein Kleid wünscht sie sich? Auch hatte ich nicht bedacht, dass der Pfarrer kurz vor der Trauung noch ein Gespräch in den eigenen Wänden führen wollte. So überraschte ich meine Liebe zu Weihnachten mit meinem Plan. Ich hatte zwar große Angst vor einer Ablehnung, doch nachdem sie sich von ihrer Überraschung erholt hatte, war ihre Freude schier unermesslich.

Am 13. Januar begaben wir uns auf unsere Vereinsfahrt nach Hattingen. Außer einem Vereinsmitglied wusste niemand, dass wir am 15. Januar heiraten wollten, von daher bat ich darum, Stillschweigen zu bewahren. Am Abend des 14. Januar feierten wir gemeinsam mit allen Mitgliedern bis in den frühen Morgen einen provisorischen Polterabend, da ja jeder wusste, dass wir den 15. Hochzeitstag begingen.

Dann endlich kam der große Tag. Wir zogen unsere guten Sachen an und schlichen uns aus dem Hotel. Zwar sahen uns trotzdem einige, die uns fragten, wohin wir so gut gekleidet gingen, aber sonst kümmerten sie sich nicht weiter darum.

Als wir die beinahe leere Kirche betraten, in der nur die uns unbekannten Trauzeugen in der ersten Reihe saßen, erklang das Lied „Amazing Grace". Es wurde von einer berühmten Sängerin ohne jede musikalische Begleitung vorgetragen. Ein kaltes Schaudern befiel uns und so hielten wir uns krampfhaft an den Händen fest. Der Weg vom Eingang bis zum Altar erschien mir kilometerweit. Beide konnten wir nichts mehr sagen, ein dicker Kloß im Hals verhinderte jegliches Schlucken. Die Tränen in unseren Augen ließen keinen klaren Blick mehr zu. Dann folgte die von mir mit dem Pfarrer besprochene Predigt, die unser Zusammenleben bis zu diesem Tag betraf. Unsere Tränen flossen und wir konnten unsere Gefühle nicht mehr unter Kontrolle halten. Plötzlich wurde die Kirchentür geöffnet und der komplette Sportverein betrat die Kirche. Mit leisen Schritten näherten sie sich dem Altar. Als ich mich neugierig umdrehte, lächelte man mir zu mit den Worten: „Ihr glaubt doch wohl nicht, dass ihr ohne uns heiraten könnt!" Beim Verlassen der Kirche gingen wir durch ein Spalier applaudierender Vereinsmitglieder. Endlich hatte ich meine Angelika so geheiratet, wie sie es sich immer gewünscht hatte.

Das alles ist nun auch schon wieder zehn Jahre her, und wer uns heute in der Stadt beim Spaziergang sieht, wundert sich jedes Mal, dass wir nach so langer Zeit immer noch Händchen halten.

Mein Wunsch nach Freiheit hat sich endlich erfüllt. Heute weiß ich, dass ich meine Freiheit bekam, als ich 1988 meine Angelika kennen lernte. Freiheit ist Geborgenheit, unendliche Liebe und Zuneigung gegenüber dem Partner, Ehrlichkeit und Vertrauen. Wenn das alles stimmt, dann verspürt man Freiheit in seinem Leben.

Hinzu kommen drei Töchter, die uns sehr glücklich machen. Alle drei rufen regelmäßig einmal in der Woche an und fragen nach dem Rechten. Steffi arbeitet heute je nach Saison in Nobelhotels und bereist so ganz Europa. Janin, unser gemeinsames Engelchen, studiert Architektur in Hamburg. Nina hat uns in ihrer glücklichen Ehe schon dreimal zu Opa und Oma gemacht, zwei stramme Jungs und ein liebes Mädel, das uns heute genauso wie früher Nina in den Ferien besucht. Das Schönste daran ist: Es gibt keinen Unterschied zu früher. Sie erinnert uns immer daran, wie Steffi und Nina zusammen spielten, und sie hat das gleiche Lachen wie früher ihre Mutter.

Nur eine Rose ohne Dornen

*I*ch war fasziniert von dem, was ich da gehört hatte, und so bemerkte ich gar nicht, wie die Zeit verflog und dass es schon spät geworden war. Ein wiederholter Griff nach einer Zigarette ging ins Leere. Der Wellenschlag und das Rauschen des Meeres hatten schon mächtig zugenommen, denn die Flut hatte eingesetzt. Über mir kreischten die Möwen im Wind. Erst jetzt begriff ich, dass ich allein war. Vor mir lagen etliche aufgerauchte Zigaretten. Hab ich von meinem Gesprächspartner nur geträumt? Ich war von der Geschichte ganz ergriffen, was für ein Leben! Noch mit dem Tosen der Brandung im Ohr machte ich mich auf den Rückweg nach Hause.

„Hallo, mein Schatz", begrüßte mich Angelika. „Wo warst du denn nur so lange?"

„Ach weißt du", antwortete ich verlegen, „ich hab da eine tolle Geschichte am Strand gehört, die mir sehr bekannt vorkam."

Sie nahm mich lächelnd in den Arm und flüsterte mir leise zu: „Und dabei hast du wieder so viel geraucht." Ich konnte es nicht leugnen, wusste ich doch genau, dass sie mich verstanden hatte.

War das die Blume, die ich vor Jahren pflücken wollte? Damals war sie eine Knospe, die später zu einer wunderschönen Rose ohne Dornen erblühte, meine liebevolle Rose, die nie verblühen darf. Ich drückte sie ganz fest an mich, wobei mir eine kleine Träne entwich.

In den ersten Jahren mit mir hatte sie so viel mitgemacht und trotz alldem immer zu mir gehalten und mich stets aufs Neue ermuntert, mein Leben zu bewältigen. Meine Nina hat sie wie ihre eigene Tochter behandelt und ihr schönstes Geschenk an mich ist unser gemeinsamer Engel.

„Ich liebe dich so sehr, mein Schatz, meine blühende Rose", flüsterte ich ihr zu und küsste sie innig, meine Angelika, die mir alles schenkte und immer noch schenkt, mein Gefühl von Glück und mein Gefühl von Freiheit.

NACHWORT

Diese Memoiren habe ich geschrieben, um zu zeigen, dass es im Leben immer weitergeht. Man sollte sich nie aufgeben, auch wenn es manchmal schwerfällt.

Heidi lebt heute glücklich irgendwo im Ruhrgebiet.

Minou hat unsere Scheidung nur schwer verkraftet und seitdem keinen Kontakt mehr zu ihrem Bruder. Soweit ich weiß, lebt sie heute in Kalifornien in einer Sekte.

Lisa lebte danach noch in weiteren Beziehungen, was jedes Mal im Chaos endete.

Anja versuchte mehrmals, sich das Leben zu nehmen, und lebt in einer psychiatrischen Anstalt.

Ich habe meine lange gesuchte Freiheit gefunden. Freiheit heißt für mich innige Liebe, Vertrauen, Zuneigung, Glück und Zufriedenheit im Leben, das man nur einmal hat.

Seit 1988 lebe ich mit meiner Angelika nun schon auf meiner geliebten Insel. Meine Töchter sind längst erwachsen und werden hoffentlich einen besseren Weg im Leben gehen.